スペイン大富豪の愛の子

ケイト・ハーディ 作

神鳥奈穂子 訳

ハーレクイン・イマージュ

東京・ロンドン・トロント・パリ・ニューヨーク・アムステルダム
ハンブルク・ストックホルム・ミラノ・シドニー・マドリッド・ワルシャワ
ブダペスト・リオデジャネイロ・ルクセンブルク・フリブール・ムンバイ

THE SPANISH CONSULTANT'S BABY

by Kate Hardy

Published by Harlequin Japan,
a Division of K.K. HarperCollins Japan, 2025

ケイト・ハーディ

6歳の誕生日に両親からもらったタイプライターで初めての小説を書き上げた。大人になってからは健康関連の広報として働きながらロマンスの小編を執筆していたが、夫にアドバイスされ、経験を生かしたメディカル・ロマンスを書き始めた。現在はたくさんの本に囲まれてイングランド東部に暮らしている。

主要登場人物

ジェニファー・ジェイコブズ……小児科病棟の主任看護師。
ラモン・マルティネス……小児科の医師。
ホセ……ジェニファーとラモンの息子。
メグ……ジェニファーの同僚看護師。
リジー・バウワーズ……ジェニファーが目をかけている看護学生。
アンドリュー……ジェニファーの亡き夫。
スパイダー……ジェニファーの飼い猫。
アラベラ・モリネッロ……ラモンの妹。
ソフィア・ビジャヌーバ……ラモンの便宜上の婚約者。
ニール・バローズ……小児科の特別顧問医。
ピート……小児科部長。
ジル……助産師。

1

は抱かないようにしてきた。しかも、それには当然の理由があった。ジェニファーが心を許す唯一の男は、飼い猫のスパイダーだけ。これからもずっとそのつもりでいる。「看護師に魅力をふりまく以外に、きちんと仕事ができる医師であることを祈るわ」

「あら、何をそんなにいらだっているの？」

「別に何も。あなたのシフトがあと三分で終わるのに、引き継ぎがすんでいないのが心配なだけよ」

「たしかに」メグは微笑み、申し送り事項を伝え始めた。

引き継ぎに集中しようと思いながらも、ジェニファーはパニックを起こしかけていて、落ち着けと自分に言い聞かせた。まだラモン・マルティネス本人に会ったわけではない。ひょっとしたら本当にいい人かもしれないのだから。

それでも気持ちは乱れた。アンドリューが亡くなって十年が経《た》つというのに、知らない人と――いや

「ものすごくゴージャスな男性《ひと》だったわ」メグが言った。「背が高くてハンサムで、笑った口もとがとびきりすてきで、声もとろけたチョコレートみたいに甘いの」

ジェニファー・ジェイコブズ――通称ＪＪ――はやれやれと微笑《ほほえ》んだ。メグの口ぶりはまるで恋するティーンエージャーだ。三人も子どもがいて、もうすぐ二人めの孫も生まれるというのに。「よほど彼が気に入ったみたいね」

「あなただって彼を一目見たら、心がとろけるに決まっているわ」

そうは思えなかった。長い間、男性に特別な感情

違う、知らない男性と出会うときには身がまえてしまう。そのたびに、すべての男性がアンドリューと同じわけではないし、むしろ知人の多くは善良な男性ばかりだと自分に言い聞かせるはめになる。とはいえ、どれほどカウンセリングを受けても、この本能的な恐怖は消すことができなかった。

「JJ、聞いてる?」

「ごめんなさい。ぼうっとしていたわ」

「ラモンがどれほどすてきか、想像していたの?」

ジェニファーはふんと鼻を鳴らした。「彼がすてきだと言っているのは、今のところあなただけよ」

「どんな女性も彼を見ただけで動悸《どうき》がするはずよ」

「心臓内科に警告しておいたほうがよさそうね」ジェニファーは笑顔で言葉の棘《とげ》を和らげた。

「ああそうだ、ラモンはきっとスティーブン・ナイツの病室にいると思うわ。スティーブンの口蓋裂の手術がさっき終わったばかりだから」

メグが帰っていくと、ジェニファーは気持ちを引き締めた。今日だっていつもと同じ一日のはず。ラモン・マルティネスなど恐るるに足らない。万一、彼が押しの強い人間だったとしても、この病院には四カ月しか滞在しないのだ。そんな短期間で何かまずいことが起きるはずがない。

そう自分に言い聞かせ、ラモンと対面する覚悟が固まったと思ったとき、目の前を看護学生のリジー・バウワーズが泣きじゃくりながら駆けていった。

慌てて追いかけると、リジーは洗面所のシンクにもたれかかってすすり泣いていた。ジェニファーはリジーに腕を回した。「さあ、落ち着いて。いったい何があったの?」リジーは仕事中にいきなり泣き出すような子ではない。ひょっとしたら、癌《がん》で療養中の伯母が受けた検査の結果が思わしくなかったのだろうか。

「ドクター・マルティネスに……病室でこっぴどく

叱られたんです」リジーは嗚咽《おえつ》まじりに答えた。

「きっとちょっとした誤解よ。きちんと話せばわかってもらえるわ」そう言ったものの、ジェニファーは難しい顔になった。リジーが何をしたにせよ、患者の前で叱責するなんて医師としてあるまじき行為だ。ここは小児科病棟の主任看護師として、どんな状況であろうとパワハラは許されないと彼にはっきり言い渡しておかなければ。

「でも……」リジーはしゃくり上げた。

「大丈夫、ドクターとは私が話をしておくから。とりあえず顔を洗って、休憩室でお茶でも飲んで、気持ちが落ち着いたら仕事に戻ってきて」

「ありがとうございます、ＪＪ」リジーは泣きながら微笑んだ。「馬鹿ですね、私」

「あなたは馬鹿じゃない。まだ看護学生の身でありながら、本当によくやっていると思うわ。さあ、休憩室に行きなさい」

ジェニファーはリジーが落としたカルテを拾い上げると、スティーブン・ナイツの病室に向かった。

スティーブンの両親の隣には、見たことがないほどゴージャスな男性が立っていた。さっきのメグの説明では、彼の魅力は半分も伝わっていなかった。すらりとした長身は、百六十五センチあるジェニファーよりも二十センチは高そうだ。オリーブ色の肌と青みを帯びた黒髪が、驚くほど白衣に映えている。がっしりと広い肩、引き締まった腰、それにとても長い脚。話しながらやたらと手を動かす癖があり、琥珀色《こはくいろ》の瞳もとても感情豊かだった。

けれど、何より魅力的なのは彼の口だ。豊かな唇はいかにも情熱的に見える。メグの言うとおり〝笑った口もとがとびきりすてき〟だ。あの唇にキスされたらどんな感じだろうと考えてしまい、ジェニファーは慌てて自分をたしなめた。いいえ、私はキスなんかしない。デートもしない。そういった類いのことは、もういっさいやらないと決めた。何よりこの男は、私の大切なスタッフを泣かせたばかりなのだ。見た目はゴージャスかもしれないが、人として守るべきマナーを知らない傲慢な男に違いない。

「こんにちは、マンディ、ポール」ジェニファーはスティーブンの両親に挨拶しながら、部屋に足を踏み入れた。眠っている赤ん坊の髪をひと撫《な》でしてから、ラモンに向き直る。「初めまして、ドクター・マルティネス。私は看護師《シスター》のジェニファー・ジェイコブズです」

いかにもイギリス人らしい、控えめで落ち着いた女性。これがジェニファーに抱いた第一印象だった。中肉中背で、ごく平凡な女性に見えた。地味なショートスタイルにまとめられたライトブラウンの髪に、ブルーグレイの目。化粧はしておらず、身につけているのも紺色のナース服と黒いフラットシューズだ。

それなのになぜ、彼女を見て鼓動がわずかに速くなったのだろう。

馬鹿馬鹿しい。ラモンは自分をたしなめた。派遣医の自分がこの病院で働くのは、たった四カ月間だ。誰かと特別な関係になっても、ごく短期間しか交際できない。何より交際相手に職場の人間を選ぶのは問題外だ。それにソフィアのこともある。これ以上、状況を厄介にしないほうがいい。

メグの口ぶりから、病棟の主任看護師はメグより年上だと思っていた。それなのに目の前の女性は二十代後半に見える。とはいえ、実際はもっと年長に違いない。さもないと、主任看護師に必要なだけの経験を積むことはできない。

思わずラモンの視線がジェニファーの左手に向けられた。薬指に華奢《きゃしゃ》な金の指輪がはまっている。既婚者か。そう思ったとき、落胆でちくりと胸が痛んだ。「初めまして」そう言って、差し出された手を握った瞬間、全身に電気が流れたような気がした。

ちくしょう。ややこしいことは本当に願い下げなのに。しかも、この感覚は一方通行らしい。相手の冷ややかな顔を見れば、何も感じていないのは明らかだ。

「手術は上手《うま》くいきましたか？」

「ああ、成功したよ。今ご両親に、これから必要なケアについて説明しているところだ」

ジェニファーがこちらを見る表情が解せなかった。彼にひどく腹を立てていることだけはわかる。会ったばかりで、怒らせる真似《まね》をした覚えはないのだが。

ラモンはナイツ夫妻に説明を続けた。「口蓋の粘膜と軟口蓋の筋肉をそれぞれ縫い合わせ、裂を閉じました」

「スティーブンの口や鼻から赤い液体が出てくることがありますが、これは口蓋裂の術後によく見られるもので、何の心配もいりません」ジェニファーが続けた。「問題は傷が膿《う》んだり、赤く腫れたりした場合ですが、われわれも感染の兆しを見落とさないよう、こまめにチェックします」

こちらを睨《にら》みつけているにせよ、ジェニファーが患者の家族には感じよく応対しているのがわかって、ラモンはほっとした。

「しばらくの間は、口に手を入れさせないようにしてください」ラモンは言った。「口の中を引っかくと、縫合した傷が開いたり、感染症を起こしたりしかねません。傷はさほど痛まないはずですが、痛がるようなら弱い鎮痛剤を処方します」

「ミルクはどうやって飲ませればいいですか？」マンディが訊《たず》ねた。

「いつもより回数を増やして、少量ずつ与えてください。しっかり水分を摂《と》らないと、脱水から発熱することもあります」

「ミルクがスムーズに飲めるよう、十字に切れ目が入った乳首を使うことをお勧めします」ジェニファーが言い添えた。「親御さんの膝の上に座らせて、ゆっくり飲ませてあげるといいですよ」

「ちょうど歯が生えかける時期で、いつも拳をしゃぶっているんですが」ポールが言った。

「申し訳ありませんが、それはやめさせてください。しばらくはおしゃぶりも使えません」

「いつ退院できますか？」マンディが訊ねた。

「およそ一週間後には」ラモンが言った。「それから、鼻咽腔《びいんくう》閉鎖不全を起こしていないか、言語療法士にチェックしてもらってください」

「口蓋裂の手術を受けたお子さんは、軟口蓋が少し短かったり動きが悪かったりするせいで、鼻に空気が抜けてしまって上手く発音できないことが多いんです。言語療法を受ければ、その改善が期待できます」

ジェニファーは知識も豊富で、説明も上手かった。若くして主任看護師になったのも不思議ではない。けれど、刺すような目でラモンを睨む理由だけは、いまだにわからなかった。

「病室で付き添うことはできますか？」マンディが訊ねた。

「もちろんです。スティーブンは二カ月前にも口唇裂の手術を受けていますから、病棟でのルールはよくご存知と思います」ジェニファーが答えた。

「ええ。携帯電話は使ってはいけないんですよね。病院の機器に干渉してしまうから」

ジェニファーはにっこり笑った。「大変よくできました。百点満点です」

ジェニファーはナイツ夫妻をからかっているのか？　手術を受けたわが子が心配でならないはずの両親を？　思わず口をはさもうとしたとき、夫妻が笑っているのが見えた。まったく、イギリス人のユーモアのセンスは理解に苦しむ。

それにしても彼女の笑顔ときたら……。笑っただけでジェニファーははっとするほど魅力的になった。彼女のことがもっと知りたい、とラモンは思った。

ジェニファーが再び口を開いた。「もし何か気がかりがあれば、いつでも私たちにお訊ねください」

「今、何か質問はありますか？」ラモンが訊ねた。

「とりあえずはありません」ポールが答えた。

「では、僕たちはそろそろ退散しましょう」

病室を出ると、ジェニファーが口を開いた。「お話ししたいことがあります、ドクター・マルティネス。私のオフィスに来てもらえますか」

ひどく堅苦しい口調だった。さっきはナイツ夫妻をファーストネームで呼んでいたのに。彼女の顔からは笑みも消えていた。どうやら、シスター・ジェニファー・ジェイコブズを怒らせた理由が判明するときが来たようだ。「もちろん」ラモンは礼儀正しく答え、彼女のオフィスに行った。

ドアを閉めると、ジェニファーはデスクの前の椅子を指した。「どうぞ座って」

「何が問題なんだ？」ラモンは訊ねた。

「あなたよ」

ラモンは目をぱちくりさせた。「何だって？」

「あなたは看護学生のリジーを、ナイツ夫妻の前で叱りつけて泣かせたでしょう」

ラモンはふんと笑った。「あの子はものは落とすし、質問には答えられないし、どこか上の空だった。いい加減で不注意な看護師を許すわけにいかない。患者は全身麻酔で手術を受けた赤ん坊なんだぞ」

「リジーは私が受け持った中で最も優秀な看護学生で、少しも不注意じゃないわ。スタッフに対するパワハラは許せません。彼女に謝罪してください」

ジェニファーの声は冷静で抑制が効いていた。彼女は声高に叫ばなくても、自分の言いたいことを主張できる人間なのだ。

けれど言いたいことならラモンにもあった。それも実にまっとうな意見が。ラモンは腕を組んだ。

「シスター・ジェイコブズ、はっきり言っておく。僕にとっては患者が最優先だ。能力が不十分な看護師はいらない」

「リジーは十分に有能よ」

「僕の目にはそう見えなかった」

「リジーは今ちょっと気持ちが不安定なの」ジェニファーは唇を噛《か》んだ。「これは皆が知っていることではないから、誰にも言わないでくれる？」

ラモンはうなずいた。「もちろんだ」

「リジーの伯母さんが乳癌で、リンパ節に転移していないか、生検の結果を待っているところなの」

「リジーはその伯母とは親しいのか？」

「彼女は伯母さんに育てられたのよ。だから母親も同然の存在だと思うわ」

ラモンはうなずいた。「彼女の家庭の事情はわかった。それでも患者が最優先であることは変わらない。心配ごとで気もそぞろな看護師のせいで、患者を危険にさらすわけにはいかない」

「そうだとしても、彼女の仕事ぶりに文句があるなら、患者や他のスタッフの前で叱りつけるのではなく、二人きりの場所で穏やかに伝えてちょうだい。看護師も医療のプロなのだから、相応の敬意をもって扱ってほしいわ」

プロ。まさにジェニファー・ジェイコブズを表す言葉だった。彼女は究極のプロだ。不意にラモンは、ジェニファーの本当の姿を知りたくなった。彼女はどんなときに笑うのだろう？　情熱が高まったとき、彼女の目はブルーとグレイのどちらの色で輝くのだろう？　キスされたらどんな顔を見せるのだろう？

「ドクター・マルティネス？」

「ラモンと呼んでくれ」

とろけたチョコレートみたいな甘い声。メグがあんな言い方をしたせいで、濃厚なチョコレートをひとかけらずつ、ラモンが焦《じ》らすように食べさせてくれる場面がまざまざと頭に思い浮かんだ。それから彼は顔を下げ、私と唇を重ねてくる――。

だめ。彼をファーストネームで呼ぶわけにはいかない。あまりにも馴《な》れ馴《な》れしく、あまりにも親密だ。

「ドクター・マルティネス」からからに乾いた口で、ジェニファーはくり返した。

　ラモンがいぶかしげにこちらを見た。どうか私の心が見抜かれませんように。プロにあるまじき言動を取ったと非難した私が、彼以上にプロとしてあるまじきことを考えているのだから。

「シスター・ジェイコブズ」ラモンは穏やかな声で応じた。「僕たちは出だしでつまずいたようだ」

「ええ」

「バウワーズ看護師にはあとで謝っておく。だから、一からやり直そう。僕はファーストネームで呼び合うほうが好きだ。君はジェニファーだね？」

　ジェニファーは薬指の指輪を回した。アンドリューを忘れてはだめ。「そうよ」声を絞り出す。この男性の前ではシスター・ジェイコブズのままでいたかった。病院のみんなが呼ぶようにＪＪでもいい。でもジェニファーはだめだ。危険すぎる。

「だから僕のこともラモンと呼んでくれ」ラモンは立ち上がり、正式なお辞儀をした。「僕が派遣医としてこのブラッドリー記念病院にいる間、お互い気持ちよく働きたいと思っている」

「私たちは縮めてブラッド病院と呼んでいるわ」

「なるほど。ところで君は、スティーブンが口唇裂の手術を受けたときも担当したのか？」

　思いがけない質問にジェニファーは面食らった。

「ええ。ナイツ夫妻に初めて会ったのは、スティーブンが生まれてすぐよ。口唇形成術について、夫妻がドクター・ケラーを訪ねてきたときに」

「君はどの親もあんなふうにからかうのか？」

ようやくジェニファーにもラモンの言わんとするところが伝わった。ナイツ夫妻に軽口を叩《たた》いたのが、気に食わなかったのだ。「患者がそれぞれ違うように、親の性格もそれぞれよ。うちのスタッフには、親にきちんと子どもの病気と向き合ってもらうために、親の性格もしっかり見抜くよう言っているわ。いろいろ聞いて自分で看病したい親もいれば、最低限のことだけ聞いたら看護師に丸投げする親もいる。マンディは冗談で不安を紛らせたいタイプで、ポールは何でも聞いておきたいタイプよ」

ラモンは重々しくうなずいた。「なるほど。これでお互いによくわかり合えたな」

とんでもない。ジェニファーは彼のことなどわかりたくなかった。ラモンはしばらくの間いっしょに働く、ただの同僚。そういう距離感を保ちたかった。

「リジーには謝っておくよ、ジェニファー」

「ありがとう」ラモンが黙って何かを待っているので、さすがのジェニファーも察しがついた。「ラモン」絞り出すようにファーストネームを呼ぶと、耐えきれないほど親密に感じられた。

一礼してオフィスを出ていくラモンの後ろ姿を、ジェニファーは結婚指輪をもてあそびながら見送った。彼に対する過剰な反応をコントロールしなくては。しかも早急に。さもないと、とんでもないトラブルに見舞われそうな気がする。

ラモンは手に持ったコーヒーを見下ろした。ジェニファーが病棟で働く姿をこっそり観察してきたが、完璧な看護師だということしかわからなかった。彼女は親切で思いやりに満ち、手際がよかった。必要とされるときに、必要とされる場所にいた。けっして大きな声は出さないのに、誰もがすぐさま彼女の言うとおりに動いていた。

けれどジェニファー個人がどんな人間かは、まるでわからなかった。結婚指輪はしているのに、オフィスには家族の写真は一枚もなかった。ラモンの好きなラテン系で情熱的な女性でもない。それなのになぜ、彼女のことが頭から離れないのだろう？

とりわけ、ある病室のベッドサイドで、怖がっている子どもに優しく言葉をかけている姿が忘れられなかった。ジェニファーはその子に温かな笑みを向けていたが、ラモンの存在に気づいたとたん、シャッターを閉めるように心を閉ざしてしまった。

「やあ、ラモン。上手くなじめているかい？」

声をかけられて目を上げると、小児科の特別顧問医ニール・バローズだった。「ありがとう、おかげさまで。ただ、イギリスのコーヒーってやつはいただけないな」ラモンは鼻にしわを寄せた。

「それなら、ココアを飲んだらどうだ？」

「遠慮しておくよ」ラモンはそっけなく答えた。

「小児科のスタッフとはもう顔を合わせた？」

ラモンはうなずいた。「今朝、手術室に行く前にメグがみんなに引き合わせてくれた。そのあとはジェニファーが」

「ジェニファー？」ニールは一瞬ぽかんとした顔になった。「ああ、手強《てごわ》いＪＪのことか」

「なぜ彼女をＪＪと呼ぶんだ？」

「名前のイニシャルだよ」

「そのくらいわかる。知りたいのは、ジェニファーという名前があるのにＪＪと呼ぶ理由だよ」

「ずっとそう呼んできたからさ。ひょっとして、彼女に気があるんじゃないだろうな？」

「いや。指輪を見た。既婚者なんだろう？」

「未亡人だよ」ニールが訂正した。

「まさか」ラモンは仰天してニールを見つめた。

「あんなに若いのに」

「ご主人を亡くしたのは十年前らしい。そのあとすぐに看護の道に入ったと聞いている」

未亡人。つまりジェニファーは……。いや、彼女の立場を尊重するべきだ。話題を変えようと思ったのに、口が勝手に動いていた。「さっき君は〝手強い〟JJと呼んだな」

「誤解しないでくれよ。彼女は実に優秀な看護師だ。子どもの扱いは上手いし、看護学生の指導も右に出る者はいない。ただ……少しばかりよそよそしい」

ニールは肩をすくめた。「誰かがちょっとしたパーティを開いても、彼女は何かしら口実をつけて顔を出さないいんだ」

「人の多いところが嫌いなのかもしれない」ひょっとしたら彼女は、もっと親密なつき合いのほうが好きなんじゃないか。いや、これ以上、おかしなことを口走る前に話題を変えたほうがいい。

ニールはラモンにかまわず話し続けていた。「そうかもしれないな。たまに他の看護師と芝居や映画を観《み》に行くらしいが、一人きりで過ごすことが多いようだから」

まだ亡き夫を偲《しの》んでいるのだろうか？　けれどニールの話では、夫を亡くしたのは十年も前らしい。まだうら若い身で、仕事漬けの人生を送るなんて実にもったいない。

とはいえ、僕は彼女に関わるべきではない。絶対に。ここには四カ月しか滞在しないのだから。そしてソフィアのことを考えなければいけないのだから……。

けれどその夜ラモンが眠りに落ちるとき、脳裏に浮かんだのはジェニファーの顔だったし、夢に見たのもジェニファーだった。

2

ラモンは努力した。ジェニファーとはあくまで同僚としてつき合おうと必死で努力した。けれどもある日、親が見舞いに来ない子どもの相手をしている彼女の姿を見てしまった。それも、本来なら休息を取るべき昼休みに。

これ以上深入りしないのが分別ある行動だとわかっていた。けれどラモンは十分後に、彼女のオフィスのドアをノックしていた。

ジェニファーはデスクから目を上げた。「何か用かしら？」

「ちょっと話をしてもいいか、ジェニファー？」

「みんなは私をＪＪと呼ぶわ」

他のみんなはそうかもしれない。でもラモンはすてきな名前をただのイニシャルに格下げしたくなかった。相変わらず彼女は結婚指輪をもてあそんでいる。ラモンは閉じたドアにもたれかかった。「今夜、ディナーをいっしょにどうだい、ジェニファー？」

ジェニファーはどきっとした。何年も前にも同じ台詞《せりふ》を言われた。あのときイエスと答えたのが、人生最大の過ちの始まりだった。「お断りするわ」

「なぜ？」

背が高くてハンサムで押しが強かったアンドリュー。引っ込み思案で地味な私は、初めて自分に興味を示してくれた男性に夢中になってしまった。

けれど、つらい教訓から私は多くを学んだ。もう二度と同じ過ちを犯すつもりはない。「行きたくないからよ」

「今夜は忙しいのか？」

「〝お断り《ノー》〟という言葉の意味がわからないの？」

「口ではノーと言いながら、君の目は別のことを伝えている」

彼にはお見通しなのだろうか。「何の話かわからないわ、ドクター・マルティネス」

「ラモンと呼んでくれ」

「ラモン」口じゅうに糖蜜を詰められたようで、その一言はとても言いにくかった。

「なぜそんなに言いにくそうなんだ?」

顔がかっと熱くなる。「そんなことはないわ」

「いや、言いにくそうだ。しかもそれは、スペイン人の名前が発音しにくいせいじゃない」

「理由はわかっていると言いたげね」

ラモンは微笑《ほほえ》んだ。「僕たちの間には何かがある。でも君はそれを認めたくない。だから君は、僕をファーストネームで呼ぶのに苦労している」

「馬鹿なことを言わないで」

「それなら呼んでごらんよ」ぎょっとしたことに、ラモンがデスクの端に腰かけた。次に片手をジェニファーの肩に置き、もう片手を彼女の顎に添えて自分のほうに向かせた。「ほら、呼んでごらん」

とろけたチョコレートのような甘い声だった。ラモンはわざとやっているのだ。多くの女性をこうやって口説いてきたに違いない。こんな手に騙《だま》されるものか。「ラモン」

「顔が赤いぞ」

「あなたが近すぎて、居心地が悪いだけよ」

ラモンは腿の上に手を戻した。彼の手は離れたのに、ふれられた感触と温《ぬく》もりはジェニファーの肌の上に残った。

「病棟の入り口に背を向けていても、僕は君が入ってきた瞬間にそれがわかる」

どんな女性もこう言って口説いているに違いない。そう思ったのに、不思議と共感がわいた。ジェニファーもまた、ラモンが病棟に入ってきた瞬間に、彼の存在を意識しているからだ。

「僕とディナーを食べてくれないか、ジェニファー。お願いだ」

ジェニファーは首を横にふった。「できないわ」

「できないのか、したくないのか、どっちだ？」

「両方よ」

ラモンは首をかしげた。「どうして？」

その質問に答えるつもりはなかった。

ラモンはあきらめなかった。「僕と食事をしたら何かまずいことがあるのか？ この町のレストランはどこも病院の食堂なみに不味《まず》いとか？」

「プライベートと仕事を分けておきたいだけよ」

ラモンはうなずいた。「なるほど。では、楽しい昼休みを」その言葉とともに、ラモンはあっという間にオフィスから出ていった。

まさか、こんなに簡単に引き下がるの？ 彼に無理強いするつもりはないのかもしれない。

ジェニファーの安堵《あんど》は長続きしなかった。昼食を終えて戻ってくると、デスクの上に小児科部長からの伝言メモが置かれていたからだ。そこには、派遣医であるラモン・マルティネスはこの町の客人として相応の扱いをするべきであり、主任看護師であるジェニファーにそれを任せたいと書いてあった。

つまり彼女は町を案内し、ディナーをともにして、ラモンをもてなさなければいけないということだ。いずれ彼が本来の勤め先であるセビージャの病院に戻ったとき、ブラッドリー記念病院を高く評価してもらえるように。さもないと病院の評判が落ち、派遣で来てくれる専門医がいなくなってしまう。

ジェニファーは力任せにメモを握りつぶし、ゴミ箱に放り込んだ。狡猾《こうかつ》な男！ 直接誘って失敗したから、こっそり裏から手を回したのだ。次に会ったら、もう一度はっきり断ってやる。

だがそうは上手《うま》くいかなかった。ラモンに再会したのが、スティーブンの病室で経過観察をしているときだったからだ。患者の前で議論するわけにもいかず、ジェニファーは奥歯を食いしばった。

「ジェニファー、ちょっと手伝ってもらえないか」

彼を罵りたい気持ちをこらえ、ジェニファーは答えた。「もちろんよ、ドクター・マルティネス」

今回は、ラモンと呼ばなくても文句は言われなかった。それどころか彼は顔を少し赤らめた。自分がずるい手を使ったと自覚しているのだろう。

「ハーパー夫妻のためにコーヒーを、それから夫妻の娘のためにジュースを持ってきてくれないか」まさかラモンは、主任看護師の仕事が患者に飲み物を運ぶことだとでも思っているのだろうか。ジェニファーの嫌悪の表情に気づいたのか、ラモンはこうつけ加えた。「悪いニュースを伝えるときは紅茶のほうがいいと思うなら、そうしてくれ」

「悪いニュース？」

ラモンはうなずいた。「君の助けがいるんだ」

私に通訳をしろとでも言うのだろうか。

「君は患者や家族と心を通わせるのが上手い。ハーパー夫妻には寄り添ってくれる人が必要だ」

彼女は顔をしかめた。「どういうことなの？」

ラモンは黙ってファイルを手渡した。ジェニファーはファイルを開き、最初のページに記された検査結果に目をやった。〝45XO〟。四十五番めの染色体が欠けているという意味だ。

「典型的なターナー症候群だ」

「気の毒に。夫妻は今どこにいるの？」

「娘のロッティといっしょにプレイルームにいる。話は僕のオフィスでするつもりだ」

「わかった。コーヒーを持っていくわ」

「ありがとう」

飲み物のトレイを手にジェニファーがオフィスに

入っていくと、ラモンはほっとした顔を見せ、彼女をハーパー夫妻に紹介した。

「あなたがロッティね」ジェニファーは幼女に声をかけた。「パパとママがドクター・マルティネスとお話ししている間、私とお絵描きしましょう」ロッティは恥ずかしそうにうなずいた。

「それで、ロッティはどこが悪いんでしょうか？」母親のフランは口もとをこわばらせて訊《たず》ねた。

「ターナー症候群と呼ばれる染色体異常です」ラモンが答えた。

「ダウン症のような病気ってことですか？　なぜ妊娠中にわからなかったんでしょう？」

「すべての出生前診断でターナー症候群をチェックしているわけではありません」ジェニファーが言った。「生まれてすぐ心臓に問題が見つかったり、手足にむくみが出たりしなければ、五歳ごろまで気づかれないこともあります。他にもいくつか特徴的な症状はありますが、かかりつけ医がターナー症候群を疑わない限り、見過ごされることが多いんです」

「私の親族にこの病気の者はいません」そう言って父親のエドが妻の手をぎゅっと握った。「フランの親族に関してはわかりませんが」

「私は養子なんです」

ジェニファーは無理やり笑みを浮かべた。養子は珍しいことではない。もっともエドの顔には、家族のいないジェニファーを蔑んだアンドリューのような表情は浮かんでいなかった。

はっとわれに返ると、ラモンが話を続けていた。

「ターナー症候群は遺伝するものではなく、染色体が欠けるために起こる病気です」

エドが顔をしかめた。「どういうことです？」

「人間には二十三対、つまり四十六本の染色体があります。二十三対めは性別を決定する染色体で、女性ならＸＸ、男性ならＸＹです。ロッティの染色体を調べると、四十五番めの染色体が欠けていました。つまりロッティはXXでなく、ただのXなんです」

「私のせいですか?」フランが訊ねた。

もしジェニファーがフランの立場だったら、夫のアンドリューの前でこんな質問はしなかっただろう。なぜなら、彼は真っ先にジェニファーを責めたに違いないからだ。すべては素性のわからないジェニファーが悪いに決まっている、と言って。

ラモンが答えた。「誰のせいでもありません。欠損したX遺伝子が父親由来か母親由来かはわからないんです。生まれてくる女児の二千人に一人がターナー症候群と言われています」

「ロッティはちょっと背が低いだけで、いたって正常だと思っていたのに」フランが嘆いた。

「ターナー症候群の子どもを治療せずに放置した場合、平均身長は百四十五センチ足らずですが、成長ホルモンを注射することで、ある程度まで身長を伸ばすことができます。ただし、注射は継続的に打つ必要があります。さらに、十代になったら女性ホルモンの補充療法を始めなくてはいけません」

「どうしてですか?」エドが訊ねた。

「ターナー症候群の女性のほとんどに卵巣の機能不全が見られるからです」ジェニファーが説明した。「女性ホルモンを補充しないと、思春期になっても月経が始まらず、胸も大きくなりません」

信じたくないと言わんばかりにフランが首を横にふった。「つまりロッティは子どもができないってことですか?」

「体外受精を使えば不可能とは限りません」ラモンが応じた。「ホルモン療法が必要な理由はそれだけではありません。エストロゲンが足りないと骨が正常に形成されにくく、歳《とし》を取ったとき骨粗鬆症《こつそしょうしょう》になりやすいからです」

「でも、ロッティは若くして死んだり、勉強に遅れたりはしませんよね？　幼稚園の先生には工作が下手だと言われていますし、息子のようにレゴが好きでもないんですが……」エドが訊《き》いた。

「この病気のせいでロッティが短命になることはありません。ただ、計算や空間認知が苦手という可能性はあります」

「適切な支援さえ受ければ、ロッティは何の問題もなくやっていけます。患者家族のサポートグループもあるので、よければ紹介しましょう。うちの病院には専門外来もあります」ジェニファーが言い添えた。

「あと一点だけ注意してほしいのは」ラモンが言った。「この病気の子どもは中耳炎に罹りやすいことです。くり返すと難聴にもつながるので、耳に炎症が見られたら必ず耳鼻科を受診してください」

「それで、とりあえずはどうすればいいですか？」フランが訊ねた。

「サポートグループのパンフレットをいくつかお渡しします。専門外来の予約を取ることも含め、少し時間をかけて、ロッティのためにどうしたいか考えてください」そう言ってからジェニファーはロッティを抱きしめた。「上手に描けたわね。ママにこの絵を見せてあげましょうか」

「あたしと、パパとママと、おにいちゃんを描いたの」ロッティは画用紙を母親に渡した。「あたしのかぞくの絵よ」

フランの頰を涙が一粒こぼれ落ちた。ジェニファーは立ち上がってフランの肩に手を置いた。「ショックだと思いますが、愛してくれる家族がいればロッティは大丈夫ですよ」

愛してくれる家族。私には縁がなかったものだ。ふと頭に浮かんだ思いをジェニファーは脇へ押しやった。私に家族はいらない。私には病棟の仲間がいる。それだけで十分だ。

ジェニファーが帰ってしまう前につかまえなければ。ラモンは白衣をロッカーに突っこみ、彼女のオフィスへ急いだ。けれど部屋には誰もいなかった。着替えの最中なのかもしれない。病院を出たらジェニファーがどちらに向かうのか、見当もつかなかった。徒歩で通えるほど近くに住んでいるのか、それとも車で通勤しているのか。いずれにせよ、小児科の受付の前を通るのは間違いない。

ラモンはパンフレットを見るふりをして、わざと受付の近くで時間をつぶした。やがて、うなじがちりちりと熱くなる感覚がして、ジェニファーが来たのがわかった。

彼女の私服は気取らないものだった。紺色のTシャツにジーンズ、それにフラットシューズ。これまでラモンがデートしてきたおしゃれな女性たちとは大違いだ。それなのにジェニファーを見ると心臓が高鳴る。彼女の何が特別なのだろう？

ジェニファーが病棟を出るタイミングで、ラモンは彼女に追いついて横に並んだ。「ジェニファー、さっきはどうもありがとう」

彼女は肩をすくめた。「あれが私の仕事だもの」

「とても助かったよ」

「どういたしまして」返事は冷ややかだった。

「何かあったのか、ジェニファー？」

「小児科部長からメモが回ってきたわ。私は裏で操られるのは嫌いよ、ラモン」

自発的にラモンの名を呼んでくれたのはいい兆候だった。でも彼女の目を見れば、かんかんに怒っているのがわかる。「君を操るつもりはなかった」

「じゃあ、あなたがピートに頼んであのメモを書いてもらったんじゃないと？」

ラモンはため息を漏らした。「君といっしょに出かけようと思ったら、仕事の体裁にするほかないじ

「直接、誘えばいいわ」

「誘ったよ。でも断られた」

「ええ、そのとおりよ。なぜ私以外のスタッフを誘わないの？」

「なぜなら、君と出かけたいからだ」

「あなたの思うとおりにはいかないわよ」

「どうやら血糖値が下がっているらしい」

ジェニファーは顔をしかめた。「何ですって？」

「君がいらだっているのは血糖値が低いせいだろう。何か食べたほうがいい。だから君をディナーに誘わせてくれ」

「その誘いはもう断ったわ」

「僕にホテルで一人寂しく過ごせと言うのか？」

ジェニファーは怪しむように目を細めた。「あなたが泊まっているのはホテルじゃないわ。病院の近くにフラットを手配してもらったはずよ」


つまりジェニファーは、それを調べる程度には僕に興味を持ってくれたらしい。いい兆候だ。ラモンは肩をすくめた。「それでも、僕が知らない町で一人きりなのは変わらない」ジェニファーは言葉を発しなかったが、顔を見れば考えていることは丸わかりだった。口説かれていると思っているのだ。「言い寄っているわけじゃない。この町のことが何もわからないから、友だちに頼りたいだけだ」

彼女は不意に立ち止まった。「友だち？」

「そう、友だちだ」ラモンはジェニファーの腕を取って歩き続けた。「友だちはいっしょに食事をするものだろう？」

「ラモン、ごり押しはやめて」

「その英語の表現はよくわからないな」

ジェニファーはふんと鼻を鳴らした。「馬鹿を言わないで。あなたの英語はほぼ完璧よ。派遣医として外国で働くのは初めてじゃないんでしょう？」

「そうだね」

「ここへ来る前はどこにいたの？」

「ディナーを食べながら教えてあげるよ」

「あなたって本当に嫌な人」

「僕をステレオタイプで分類するつもりかい？」

「あなたがステレオタイプとしか思えない行動を取り続けるからよ」

　怒りできらきらと輝く瞳に十分な手応えを感じ、ラモンはいたずらっぽく笑った。「それなら、僕にマナーを教えてくれよ」

　ジェニファーは腕をふりほどこうとした。「私にかまわないで、ラモン」

「いっしょに食事をしよう」ラモンは譲らなかった。

「友だちとして。僕のおごりだ」

　長い間ジェニファーは何も言わなかったが、やがてうなずいた。「川沿いのパブなら、まずまずの料理が食べられるわ。ただし、勘定は割り勘よ」

3

　二十分後、二人は川を見下ろすテラス席に座っていた。飲み物は自分がおごるとラモンが言い張ったので、ジェニファーはあきらめて炭酸水を頼んだ。

　ラモンがメニューから目を上げた。「君のお勧め料理は何だ？」

「あなたが二人分、注文するんじゃないの？」

　ラモンは微笑《ほほえ》んだ。「君の好みもわからないのに、僕が注文するわけにいかないよ」

　アンドリューはジェニファーの分まで注文するのが常だった。当時はそれが大事にされている証《あかし》だと思い込んでいた。アンドリューの真意に気がついたのは、ずっと後になってからだった。

「サーモンが美味《おい》しいわ。地元で養殖しているの」

「サーモンの白ワイン煮、ディル添えだな。君はこれにするのかい？」

「え……ええ」

「それなら僕も同じものを頼もう」ラモンは茶目っ気たっぷりの笑みを見せた。「当ててみせようか。君は小食で、いつも一品か二品しか注文しない」

「そう言うあなたは、三品くらい頼むのかしら」

「食前のおつまみ《タパス》を勘定に入れたら四品かな」

「別の店を選ぶべきだったわね、ごめんなさい」

「イングランドで夏の夕方を過ごすのに、川辺のパブ以上にいい場所があるかい？　美味しい料理、心地よい雰囲気、それに楽しい話し相手」

今のところジェニファーは楽しい話し相手とは言い難かった。言葉巧みにディナーに誘われたことに腹を立て、そっけない態度を取り続けているからだ。

「ワインはどうする？」

「私は車で帰るからけっこうよ。でも、あなたは遠慮なく注文して」

ラモンはワインリストをぱらぱらとめくった。

「僕もワインはなしにしておこう」

「この店にはスペインのワインがないから？」思わず皮肉を口にしてしまった。

ラモンは微笑んだ。「母国に誇りを抱くのは悪いことではないだろう？　セビージャはワインの名産地なんだ。シェリーをはじめ、マンサニリャやモンテニリャが有名だ」

「あなたはセビージャ出身なの？」つまりアンダルシア州だ。アンドリューの母方の一族はカスティリャ州の出だった。出身地が違うということは、ラモンはアンドリューとは似ていないかもしれない。

ラモンはうなずいた。「セビージャを知っているのかい？」

「いいえ」アンドリューは一度もスペインに連れて

いってはくれなかった。母方の親族とはずいぶん前に仲違《なかたが》いして、疎遠になっていたからだ。結婚してすぐのころ、ジェニファーはこっそりスペイン語の勉強を始めた。夫を驚かせ、喜んでもらおうと思ったからだが、いざスペイン語で話しかけると、発音がおかしいとさんざん貶《けな》され、僕の家ではいっさいスペイン語を口にするなと言われた。

〝僕の〟家。〝僕たちの〟家ではなく。

はっと気がつくとラモンがセビージャの話を続けていた。

「伝説ではセビージャはヘラクレスが作ったと言われている。とても美しい町だ。ヒラルダ大聖堂の塔。アルカサル城。マリア・ルイサ公園。グアダルキビル川にかかるトリアナ橋。カルメンやドン・ファン、それにフィガロの舞台になった町でもある。歴史に芸術に食べ物……セビージャにはそのすべてがある」ラモンは両手をふり回して熱弁をふるった。

どうやら彼は故郷の町が大好きらしい。「それならなぜセビージャで働かず、イギリスに来たの？」

「スペインでは就けない専門職に就けるチャンスがあったからだよ。それに——」ラモンはいきなり言葉を切った。「そろそろ注文してこようか？」

「ええ」

「デザートは何が食べたい？」

「今夜はやめておくわ、ありがとう」

注文を終えて戻ってきたラモンは後ろめたそうな笑みを浮かべた。「君に怒られるかもしれない」

「どうして？」

「バーの横に、本日のお勧めを書いた黒板があったので、そこからデザートを選んできた。もし気に入らなければ無理に食べなくてもいい」

事前に確かめもせずに注文するところはアンドリューと同じだった。でもラモンはジェニファーに選択の自由を与えてくれた。たとえ彼の意に添わなかったとしても、怒ったり機嫌を損ねたりはしないということだ。

「僕がそんなに怖いかい？」

ジェニファーは目をしばたたいた。「私は……いいえ」

「一瞬、ひどく怯《おび》えた顔をしていたよ」

「目の錯覚じゃない？」アンドリューのことを打ち明けるつもりはなかった。絶対に。「それで、ブラッド病院に来る前はどこで働いていたの？」

「セビージャだ。その前はロンドンに六カ月間いた。さらにその前はマンチェスターとバーミンガムに」

「どこも小児科だったの？」

ラモンはうなずいた。「僕は子ども《ニーニョス》と関わるのが好きなんだ。君は？」

「私はずっとブラッド病院で働いているわ」

「小児科で働いている理由を訊《き》いたんだよ」

自分の子どもを持てなくても、子どもの世話ができる場所だから。本心を押し隠し、ジェニファーは明るい口調で答えた。「私も子どもと関わるのが好きだからよ。とてもやりがいがあるわ」

ありがたいことにそのタイミングで料理が運ばれてきたので、自《おの》ずと話題が変わった。「抜群に美味《うま》いな」サーモンを一口食べてラモンが絶賛した。

「このジャガイモも絶品だ」

「あなたは美味しいものに目がないみたいね」

「最高のものを楽しむには人生はあまりにも短い」

ちらりと彼の手首に目をやって、今の言葉は彼の本心だとわかった。ラモンの腕時計が高級品だったからだ。あらためて見れば彼のシャツはシルクだし、スーツもデザイナーブランドだ。専門医の給料を考えても、いささか値の張る品ばかりだ。きっと実家が裕福なのだろう。

ジェニファーの居心地の悪さを察したのか、ラモンは話題をセビージャや、これまで自分が担当した子どものことに変えた。ようやくジェニファーの緊張がゆるんだころ、ウェイターが料理の皿を片づけ、陶製のキャンドルホルダーをテーブルに置いた。次いでウェイターはキャンドルに火を点《つ》けた。ジェニファーはラモンを見た。「これは何なの？」

「まあ見ていてごらん」ラモンはいたずらっぽく目を輝かせた。

まさにそのタイミングで、ウェイターがフォンデュ用のチョコレートソースの入った器をキャンドルの上にセットし、小さく切ったスポンジやイチゴののった皿を持ってきた。

「スペインのチョコレートチュロスに一番近いのがこれだったんだ。メインが軽い料理だったから、デザートはこれがいいと思ってね」

まさに心をとろかす笑顔だった。コーヒーが飲みたかった。バケツ一杯の氷水を頭からかぶるのでもいい。とにかく、目の前の男性に体が反応するのを止められるなら何でもよかった。

「さあ」ラモンは長いフォークでイチゴを刺すと、ホワイトチョコレートに浸し、ジェニファーの口もとへ差し出した。

周りのテーブルには客がいっぱいいるはずなのに、二人きりのように感じるのはなぜだろう？　差し出されているのはただのイチゴなのに、もっと親密な何かのように感じられるのはなぜだろう？

どう考えてもイチゴが失敗だった。なぜならイチゴをかじったとたん、ジェニファーの目に浮かぶ官能の光が、パニックに近い恐怖に転じたからだ。

なぜ彼女はこんなに怖がっているのだろう？　しぶしぶラモンはフォークを手放した。「イギリスのイチゴは格別だな。まるで日光を食べている気がする。そうは思わないかい？」

ジェニファーの目からは徐々にパニックが消えつ

つあるが、彼女はもう何も食べようとはしなかった。

「イチゴは嫌いだったかな？」

「いいえ。とても美味しいわ。ただ……お腹《なか》がもういっぱいなの」

言い換えれば、食欲がなくなるほどラモンの押しが強すぎたということだ。そう思うとラモンの食欲も失《う》せてしまった。チョコレートソースとケーキには目もくれず、ラモンはイチゴだけを食べた。「甘すぎるほど甘いな」

「スペインの男性はみんな甘党だと思っていたわ」

「たしかに僕はハチミツたっぷりのペストリーや、スペイン式のホットチョコレートに目がない」

ジェニファーは顔をしかめた。「健康に悪そう」

「大事なのは、度を過ごさないことさ」賢明な助言だ。けれど今のラモンの役には立たなかった。これ以上ジェニファーを追いつめてはいけないとわかっているのに、もっと彼女と話したくてたまらないのだから。「私はけっこうよ」「食後のコーヒーでも？」

「それなら病院の駐車場まで送ろう」

「気持ちはありがたいけれど大丈夫よ。このあたりは治安がとてもいいから」

「それでも君が無事に車に乗るのを見届けたい。頼むよ。帰る道すがら、このあたりの名所を教えてくれないか」

彼女はうなずいた。「会計をすませましょう」

ラモンはジェニファーの意志を尊重して、割り勘にした。今ここで彼女の思いを無視したら、二度といっしょに出かけてくれないに違いない。病院に戻る道中、ジェニファーは町の見どころを指さして教えてくれた。ステンドグラスの美しい教会、アールデコのショッピングアーケード、かつて徴税所として用いられ、現在は観光案内所になっている古い建物など。

　ジェニファーから聞いた内容を誰かに訊《たず》ねられたら、ラモンは肩をすくめ、〝わからない〟と答えただろう。実際にラモンが注意を向けていたのは、楽しいことを話すときはグレイよりブルーに近い色で輝く彼女の瞳、ふっくらと魅力的な下唇、それに微笑むと目尻に広がる笑いじわだったからだ。こんなふうに女性を意識したのは初めてだった。今すぐジェニファーをかき抱き、息が止まるまでキスを交わしたかった。

　でも……さっき彼女の目に浮かんだパニックを忘れてはいけない。ジェニファー・ジェイコブズは口説くのが難しい相手だ。その難題をクリアするためには、ゆっくり、そして穏やかに距離を縮めなければいけない。

　駐車場に着くと、ラモンは微笑んだ。「すてきな夜をありがとう、ジェニファー」

「どういたしまして。家まで車で送りましょうか」

　ラモンは首を横にふった。「ここからなら歩いてせいぜい五分だから」彼はジェニファーの手を取り、自分の口もとに近づけた。彼女は目を見開いたが、ラモンはまっすぐその視線を受け止めた。彼女を傷つける意図はないと伝えるために。本当は心ゆくまでジェニファーの唇を味わいたかった。彼女の髪に指を絡ませ、ぴったり抱き寄せて、彼女のせいでラモンの体がどうなっているか伝えたかった。けれど、恋愛に消極的なジェニファーに無理強いするつもりはなかった。ラモンは彼女の指先にキスを落とすと静かに言った。「おやすみ、かわいい人《カリーナ》」

　ジェニファーは震えながら車に乗り込んだ。運転している間もおののきは止まらなかった。ラモンがふれたのは指だけなのに、全身が激しく反応していた。瞳の奥に一瞬だけきらめいた、くすぶる情熱の光を見たせいだ。指先にキスするとき、彼はすぐにそれを押し殺してしまったけれど。

何もかも演技に決まっている。ラモンは出会う女性みんなに同じことをしているに違いない。

忌々しくてたまらなかった。行きずりの恋などするつもりはないし、永遠の愛も欲しくない。一度の結婚で、報いは十分に受けた。ようやく手に入れた自由を二度と失いたくはなかった。

つまり、ラモンとはできるだけ距離を置かなければいけないということだ。


金曜日は連休を取っていたメグが出勤してきたおかげで、上手《うま》くラモンを避けることができた。そして週末は非番だった。ひょっとしたらコテージまで押しかけてくるかもしれないと思ったが、彼が来ることはなかった。ほっとしたような、がっかりしたような、不思議な気分だった。

月曜日は、引き継ぎの最中にラモンが出勤してきた。引き継ぎが終わったときには、ラモンは診察を始めていたので、ジェニファーはいつもの作業に専念できた。けれど頭は間違いなく仕事に集中しているのに、体はずっと、数メートル先の診察室にいるラモンのことを意識していた。


「朗報です、ミスター・ギャレット。レントゲン撮影の結果、骨は折れていませんでした」

「じゃあ何が問題なんだ？」

「オスグッド・シュラッター病という病気です」

「病気？　そんなはずはない」ギャレットは首を横にふった。「ティムはサッカーの試合中にぶつかっただけだ。どこも骨は折れていないし、めそめそ騒ぐなと言ってやったんだ」

子どもを第一に考えられず、自己主張ばかり強い親。ラモンが大嫌いな人種だった。罵りたいのをこらえ、ラモンは少年の膝を触診した。「ここは痛いかい、ティム？」

「それほどは」

「強がらなくてもいい。一をごく軽い痛み、十を耐えきれない痛みとしたら、これは一から十のどのくらいの痛みになるかな？」

ティムはちらりと父を見ると、ラモンに目を戻した。「二です」

視線の動きがすべてを物語っていた。父親を診察室の外に出せれば、息子は正直に話してくれるかもしれないが、今はこの状況でできるだけのことをするしかない。そういえばジェニファーは、親の性格や考え方を見抜くのが肝要と言っていた。この男は知ったかぶりだから、専門用語で煙《けむ》に巻いてみよう。

「これは成長期の若いアスリートによく見られるスポーツ障害です。過度の運動により、膝蓋靱帯《しつがいじんたい》が付着する脛骨《けいこつ》粗面部に負荷がかかり、軟骨が剥離《はくり》することで炎症や痛みが生じるんです」

「もっとわかりやすい言葉で説明してくれ」

「ティムの膝のすぐ下にある骨がわずかに隆起しているのが見えますね？　膝を曲げ伸ばしするたびに、腿の前側の筋肉が膝の骨を強く引っ張ってしまうため、成長途上の軟骨の一部がはがれ、炎症を起こしているんです。いずれ体が十分に成長すれば、炎症もおさまり、痛みもなくなります」

「何が言いたいんだ？　ティムにサッカーをするなとでも？」

「ええ。しばらくの間は」

「そんなことはできない。来週、うちのクラブにスカウトが来るんだ。プレイしなければ、ティムはチャンスを失ってしまう」

「プレイを続ければ完治しないかもしれません。スカウトが来るのは来週だけではないでしょう？」

「こんなに大きなチャンスは二度と来るものか。セカンドオピニオンを要求するぞ」

「ドクター・バローズが診察しても、同じ診断を下すと思いますよ」

「それなら院長を呼んでくれ」

息子の体とサッカーのどちらが大切か訊ねてやろうかと思ったとき、ドアにノックがあった。「ティムのレントゲン写真を持ってきました」

「ありがとう、シスター・ジェイコブズ。今ちょうどミスター・ギャレットに、ティムの病気について説明していたところだ」ラモンはレントゲン写真に目をやった。「ほら、ここが石灰化して、脛骨粗面に小さな突起ができている」

「まったくお医者さんときたら」ジェニファーはやれやれと天を仰いだ。「通訳するとね、ティム、あなたの膝の骨に出っ張りができているということよ。いつからこんな具合なの?」

「一カ月前から」ティムが答えた。

「せいぜい一週間だろう」父親が割って入った。


ラモンとジェニファーは目を見交わした。

「君が整形外科を受診できるよう紹介状を書いておくよ、ティム」ラモンが言った。「とりあえずこれから二日間は、四時間ごとに二十分、膝を氷で冷やすように。痛みを抑えるために抗炎症剤も出しておく。ただし、しばらくスポーツは厳禁だ」

「いつからサッカーができますか?」ティムがまた父親をちらりと見て訊ねた。

「膝が治ったらだ。二カ月から四カ月はかかると思う。それまでは膝を深く曲げてはいけない。もし何かをしていて痛みを感じたら、すぐにその動作をやめて、膝を氷で冷やして休ませるように」

「無理に使い続けると症状が悪化して、場合によっては二度とプレイができなくなるわ」ジェニファーはギャレットに目を向けた。「息子さんはプロのサッカー選手を目指しているんですか?」

「来週、スカウトの前でプレイするはずだった」

「運が悪かったわね、ティム」ジェニファーはティムの肩を叩《たた》いた。「今きちんと治しておけば、六カ月後にはもっといいプレイができるわ」

「スカウトの重要性がわかる人間は、ここにはいないのか？」ギャレットが語気を強めた。

「もちろんわかります。でもコーチも務めるあなたなら、スカウトより選手の健康が大事だとご存知でしょう？　今無理をしても、彼らの前で実力が発揮できないうえに、膝にずっと後遺症が残るかもしれないんですよ。それなら六カ月待つほうがいいとは思いませんか？」ジェニファーが訊ねた。

「あり得ない」ギャレットは今にも何かを——壁やデスクやラモンを殴りそうな勢いだった。

「ドクター・マルティネスがティムに包帯を巻く間、私のオフィスでコーヒーでもいかがです？」ジェニファーが温かな笑みで誘った。

ギャレットは断るかと思ったが、やがてため息を吐《つ》いて、ジェニファーと診察室から出ていった。

父親がいなくなると、ティムは正直に痛みのことを打ち明けてくれた。やがて包帯を巻き終わるころ、ギャレットが診察室に戻ってきた。

「さっきは、その……失礼な態度を取って悪かった。息子のことが心配だったんだ」

「お気になさらず。ただティムの膝が治るまでは、僕の指示を守ってください。もし何か不安なことがあれば、いつでも相談に乗りますから」

ギャレット父子が帰ると、ラモンはジェニファーに礼を言いに行った。「さっきはありがとう。君は読心術でも使えるのか？」

「いいえ。怒鳴り声が聞こえてきたから、殴り合いが始まる前に介入したほうがいいと思っただけ。あの手の威張り屋の扱いは心得ているから」

「それで、君はあの男に何をしたんだ？」

「思い当たることがあったので、話を聞いたのよ」

「何だって？」

「彼はティムくらいのころに、スカウトに会う機会を逃してしまったんですって。だから息子には、自分が得られなかったチャンスが巡ってくるように必死だったみたい」

「ティム本人が選手になりたがっていなくても？」

「ミスター・ギャレットがそれに気づくには、もう少し時間がかかるでしょうね。他にもう用がなければ、患者さんの経過を見に行きたいんだけれど」

「もちろん用ならある。きちんと君にお礼をさせてほしい。今度ランチをいっしょにどうだい？」

「その必要はないわ。これが私の仕事だもの」

静かだが決然とした声だった。ここで無理強いをしたら、彼女の信頼を失ってしまう。けれどラモンにあきらめるつもりはなかった。別のやり方を試すまでだ。

4

翌朝ジェニファーが出勤すると、デスクの引き出しにリボンのかかった小箱が入っていた。今日は誕生日でもないし、患者からのお礼はスタッフで分けることになっている。妙だなと思って彼女は顔をしかめ、添えられたカードに目をやった。くっきりした黒い字で〝ありがとう《グラシアス》。R〟と書いてある。

包装を解くと中身は高級チョコレートだった。

なぜラモンはこれを私にくれたのだろう？

その疑問を解き明かすチャンスは、三時間後にめぐってきた。扁桃《へんとう》摘出術を受けたソフィーの病室でジェニファーが馬の描き方を教えていると、ラモンが満面の笑みを浮かべて部屋に入ってきたのだ。

「おはよう、大好きなお嬢《シニョリータ》さん」

ジェニファーはぎょっとしてラモンを見つめた。よくもまあ、ぬけぬけと。けれど、すぐ誤解に気づいた。彼はソフィーに話しかけていたからだ。

「具合はどうだい、ソフィー？」

「喉が痛いわ。それなのにシスター・ＪＪは、朝ご飯にトーストを食べさせたのよ」

「それにはちゃんとした理由があるんだよ。ところで、その絵はとても上手《うま》く描けているね」

「シスター・ＪＪに習ったの。私の顔も描いてくれたわ」彼女はスケッチブックをラモンに渡した。

「シスター・ジェイコブズ、君には隠れた才能があるらしいな」

美術で身を立てようと思っていたときもあった。でもそれは、ずっとずっと前――アンドリューと会う前の話だ。

ジェニファーの気まずさを察したのか、ラモンは話題を変えた。「ではソフィー、君の喉の具合を見せてもらおうかな」

ソフィーはうなずいた。

ラモンはソフィーの舌を舌圧子で優しく押さえ、喉をライトで照らした。「経過は順調だね。これならごほうびにゼリーかアイスクリームをソフィーにあげてもいいと思うよ、シスター・ジェイコブズ」

「わかりました」ジェニファーはソフィーに微笑《ほほえ》みかけた。「じゃあ、そろそろ他の患者さんのところへ行くわね」

ラモンと連れだって病室を出たジェニファーは、彼に声をかけた。「ドクター・マルティネス、ちょっといい？」

「ラモンと呼んでくれ」

ジェニファーは赤面した。「チョコレートをありがとう」

「どういたしまして。昨日は厄介な状況を君に助けてもらったからね」

てもらった。その感謝のしるしだよ」

「病棟のスタッフなら、誰でも同じことをしたわ」

「あんなことができるのは君だけだ。それはそうと、ランチをいっしょにどうだい？」

「だめよ」

「君は恩を施されるのは嫌いらしい。それなら、君が僕にランチをおごるのはどうだ？」

「それもだめ」

「ディナーなら？」

「あきらめの悪い人ね」

ラモンは微笑み、静かに告げた。「僕はいつだって、欲しいものは最後には必ず手に入れる」

ジェニファーは彼を睨《にら》んだ。「それは脅し？」

「違うよ、かわいい人《カリーナ》。これは予告だ」

その言葉を聞いて、ジェニファーの背筋におののきが走った。けれども、それが期待のおののきなのか、恐怖の震えなのかは、自分でもわからなかった。


どうしてラモンは私を放っておいてくれないの？愛猫と静かに暮らすことだけが私の望みなのに。


〝なぜそんな靴を履いているんだ？ ドレスとまるで不釣り合いじゃないか。さっさとヒールのある靴に履き替えてこい〟

アンドリューの顔にはいつもの表情が浮かんでいた。きっと誰かに言い返されるとか、何か不愉快なことがあったに違いない。だからジェニファーを怒鳴りつけて発散しようとしているのだ。それがわかっていても、罵られて傷つくのは変わらなかった。

〝ほら、早くしろ！ 遅刻してしまうぞ〟

今夜もこれからビジネス・ディナーにつき合わされる。ジェニファーの知り合いなど一人もいないディナー。それでいて誰かと言葉を交わせば、何を話したのか、あとから逐一問いただされる。ジェニファーがアンドリューを笑いものにしなかったか、誰かに媚《こ》びを売らなかったか、確かめるために。

優しかった彼は――出会ったころの、ジェニファーを崇《あが》めんばかりに大事にしてくれたアンドリューはどこへ行ってしまったのだろう？　音楽が好きで、ジェニファーと手をつないで画廊を見て歩くのが好きだったアンドリュー。中年の自分ではジェニファーとは年齢的に釣り合わない、もっと年の近い男性と結ばれるのがジェニファーの幸せだとわかっているのに、愛しているから別れられないと言っていたアンドリュー。いったい彼はいつから、あら探しばかりする意地悪な男になってしまったのだろう？

〝何だこれは？　スケッチか？〟画用紙がテーブルに叩《たた》きつけられる音に、ジェニファーの胃がよじれた。〝まさか美大へ行って、絵の道に進もうなんて思っていないよな？〟

〝自分の楽しみで描いていただけよ〟

〝君の絵は下手ではないが、仕事にできるほどの水準じゃない。僕は君のためを思って言っているんだぞ。大学やアトリエから不合格を言い渡されたらかわいそうだからね。まったく、君は何をやっても駄目だな〟

ジェニファーは悲鳴とともに目を覚ました。体を起こし、膝を抱き寄せる。アンドリューの夢を見たのは数カ月ぶりだ。彼はジェニファーのやることなすことにけちをつけた。家具に使うつや出し剤を間違えた。窓に汚れが残っている。料理の味が濃い。あるいは薄い。ジェニファーの友人が気に入らない。君は何をやっても駄目だ……。

ジェニファーはぞくりと身を震わせた。今ごろになって夫の記憶がよみがえった理由はわかっている。ラモンだ。ハンサムなスペイン人で、押しの強いところはアンドリューそっくりだ。何とかして、言い寄ってくるラモンを退けなければ。私はもう弱虫で引っ込み思案のジェニファーではない。私は成長し、強くなった。三十二歳の今は看護師として責任ある地位に就いている。私は一人で生きていける。そのことを明日、ラモンにはっきり伝えよう。

　あいにく翌日は二人とも忙しすぎて、話をするチャンスはなかなか訪れなかった。ところが昼休みが終わってすぐ、ラモンに廊下で呼び止められた。

「ジェニファー、忙しいところ悪いが、ちょっと時間を割いてくれないか」彼女の疑わしげな顔に気づいたのか、ラモンはこうつけ加えた。「君は嚢胞《のうほう》性線維症については詳しいか？」

「ある程度なら。患者はいくつなの？」

「生後六カ月だ」ラモンはため息を吐《つ》いた。「診断名を聞いて、両親がひどく悲観的になっている。君なら地元でどんなサポートが受けられるか、僕よりも知っているだろう。だから助けてほしい」

「わかったわ」

　ジェニファーはラモンと診察室に向かった。

　ラモンはスチュアート夫妻に、ジェニファーを小児科の主任看護師だと紹介した。

　ミセス・スチュアートの顔には涙の跡があった。

「ご夫妻の息子キーランは、ミルクをよく飲むのに体重が増えず、嫌な咳《せき》と軽い喘鳴《ぜんめい》に悩まされていた」ラモンはキーランの症状をジェニファーに説明した。「喘息かもしれないとかかりつけ医に診てもらったところ、大きな病院で汗検査を受けるように勧められて、うちに来院された」

　汗検査は、発汗剤を塗った皮膚をガーゼとラップで覆い、採取した汗の成分を分析するもので、嚢胞性線維症をチェックする最良の方法だ。

「検査の結果、汗に含まれる塩化物イオン濃度が正常値より高いことがわかった。さらにキーランの便は悪臭のある脂肪便だった」

脂肪便もまた、嚢胞性線維症の典型的な症状だ。膵臓《すいぞう》から消化酵素が分泌されないため、脂肪が消化できず排出されてしまう。

「これらから嚢胞性線維症と診断した」

「つまり、息子は死ぬってことですね」ミセス・スチュアートがささやいた。

「そんなことはありません」ラモンが夫妻に説明を始めた。「イギリスでは嚢胞性線維症の子どもが、一年に二百人以上は生まれています。三十年前は五年だった平均余命は今では四十年近いですし、患者の多くがごく普通の生活を送っています」

「うちの家系にこの病気の者はいないのですが」ミスター・スチュアートが言った。

「発症しない保因者《キャリア》がいた可能性が高いです」

「両親ともにキャリアだった場合、四人に一人の子どもが発症し、二人に一人がキャリアとなります」

ジェニファーが言い添えた。「他にお子さんは?」

「この子が一人めです。つまり、これから生まれる子どもも同じ病気に罹《かか》るということですか?」

「必ずしもそうとは限りません。発症リスクはさっきの説明どおり、四人に一人です」ラモンが答えた。

「そもそもどんな病気なんですか?」ミスター・スチュアートが訊《たず》ねた。

「嚢胞性線維症は消化器と呼吸器にトラブルが起きる遺伝性の病気です。食べたものを上手く分解できないために消化が不十分で、必要な栄養素が吸収できません。キーランの体重がなかなか増えなかったのはそのせいです。さらに、CFTRと呼ばれる、細胞膜に水や塩化物を通すタンパク質が十分に機能しないため、体液が濃くなって粘り気が強くなります。咳が出るのは、粘っこい痰《たん》が気管支にたまるからです。風邪を引いたり発熱したりしやすいため、肺炎にも罹りやすいです」

「やっぱりこの子は死ぬんだわ」

「たしかに何の治療も受けなければ、度重なる感染で肺の組織がだめになってしまうでしょう。けれど、できることもたくさんあります」

「まずデンプン質、タンパク質、脂肪を分解できるように、消化酵素薬をのませる必要があります」ジェニファーが言った。「離乳が始まったら、できるだけ多様な食品を食べさせ、栄養不良にならないよう気をつけてください。栄養が十分に摂《と》れれば、感染症にも罹りにくくなります」

「気管支の腫れを取り除き、呼吸を楽にするためにステロイドも投与します」ラモンがつけ加えた。

「ステロイド？　ボディビルダーがのむ薬のことですか？」ミセス・スチュアートがぎょっとした顔をする。

「いいえ、それは筋肉増強剤です」ジェニファーが優しく訂正した。「キーランに投与されるのは副腎皮質ホルモンといって、もともと人間の体内に存在するものですから、何の心配もいりませんよ」

「キーランが一人で歩いたり走ったりできるようになったら、肺の機能を高めるために、できるだけ運動させてください。さっきも言ったとおり、感染症に罹りやすいので、こまめにかかりつけ医に診てもらい、予防接種も忘れずに受けてください」ラモンが言った。

「それだけですか？　この病気そのものに効く薬はないんですか？」ミセス・スチュアートが訊ねた。

「ええ、今のところはありません。けれど医療の研究は日進月歩です。この五年で、遺伝子治療や薬の開発もかなり進んできました」

「この病気の支援団体や患者の会もあります。あなた方と同じ体験をした人たちの話を聞けば、参考になると思いますよ」ジェニファーがつけ加えた。

「最後は寝たきりになるんですか？」

「嚢胞性線維症の患者の八十パーセントは、学校に行ったり仕事をしたり、それなりに普通の生活を送っています。キーランが状況を受け入れて克服できるよう、上手く導いてあげてください」ラモンは微笑んだ。「僕は他の患者の診察に行きますが、何か質問があれば、いつでも喜んでお答えします」

「ありがとうございました」ミセス・スチュアートがラモンと握手した。

「どういたしまして《デ・ナーダ》。これが僕の仕事ですから」

患者の親に対するラモンの態度は立派なものだった。彼は思いやりと誠意に満ちていた。けれどジェニファーは心のどこかで、遠からず彼が如才のないうわべに隠した傲慢な本性を現す気がしていた。

翌日の朝、さっそくラモンの本性がはっきりした。

「ジェニファー、今ちょっといいかい？」

「もちろん」

「明日、僕は非番なんだ。勤務表によれば、君も非番らしいね」

話が行く先の見当がついて、ジェニファーはげんなりした。

「いっしょにピクニックをしないか？」

「せっかくだけど、明日はいろいろ忙しいの」

「お互いに妥協できないかな」

「妥協？　どういうこと？」

「もし僕が君の用事を手伝ったら、君も僕と出かける時間が捻出できるだろう？　予報では明日はいい天気らしい。せっかくだからピクニックに行こう。ついでにこのあたりを案内してくれたら嬉《うれ》しい」

ラモンはまたしても〝町に来たばかりの孤独な外国人〟という立場を利用しようとしている。

「それとも、僕のことがそんなに嫌いなのかい？」

ラモンが本心から傷ついているように見え、ジェニファーは後ろめたくなった。ラモンはアンドリューではないし、彼の言うことにも一理ある。彼にはまだ友人らしい友人がいないだろうし、ジェニファーの用事だって後回しにしても困らない。

「ええ、あなたの言うとおりね」

ラモンの顔がこわばった。「すまない」

「すまない？　何が？」皆目わけがわからなかった。

「そんなに君に嫌われているとは思わなかった」

ジェニファーは首を横にふった。「そういう意味じゃないの」むしろ彼が嫌いではないと気づいて、彼女は不安になった。「あなたの提案どおり、いっしょに出かけようと言ったのよ」

「それなら、まず君の用事を手伝いに行くよ」

「ありがとう。でもその必要はないわ」おかしなことに、ラモンと一日出かけるのは平気に思えるのに、彼がコテージへ来るのは抵抗があった。

「十一時に病院の前で待ち合わせましょう」

「ありがとう、ジェニファー」

ラモンは静かに礼を言った。ほくそ笑んだり、勝ち誇ったりする様子はなかった。ひょっとしたら私は彼を誤解していたのかもしれない。

待ち合わせ場所でラモンを見たとたん、ジェニファーは思わず息をのんだ。白いTシャツの上に青いチェックのシャツをはおり、ジーンズにサングラスというカジュアルな格好なのに、彼がとてもゴージャスだったからだ。それに彼の微笑みときたら……。だめよ。彼には深入りしないと決めたじゃないの。ジェニファーは自分をたしなめた。

どうにか挨拶を交わしたあと、彼女はラモンの足もとのバスケットに気づいた。

ジェニファーのけげんな表情に気づいたのだろう、ラモンが言った。「友だちなら負担を分け合うものだ。君が車を運転してくれるのだから、僕はランチを持ってきた。もしお昼は外食するほうがよければ、そう言ってくれ」

「ピクニックランチがいいわ」

再びラモンは骨までとろけそうな笑みを浮かべ、ジェニファーに続いて車に乗り込んだ。

アンドリューと違い、ラモンは助手席で満足しているようだった。アンドリューは彼女が運転免許を取るのさえ嫌がったけれど。やがて町を離れ、ピーク・ディストリクト国立公園をドライブしながら、通り過ぎる村々の歴史や地域の慣習を語るうち、ジェニファーは緊張がほどけていくのがわかった。

「ホロウデイルを散策しましょう。とても美しい一帯なのよ」ジェニファーはそう言って、自然遊歩道を見下ろす駐車場に車を入れた。

「それは楽しみだな。まずランチにしようか?」

「ええ」

ラモンは木陰にラグを広げ、ピクニックバスケットを置くと、脚を投げ出して座った。「君もここに座るといい」

命令ではなく頼む口調だったので、断ることもできた。でも気がついたらジェニファーは素直に彼の隣に腰を下ろしていた。

「緑あふれるイングランドの田園地帯、花の香り、せせらぎの音に鳥の声。完璧だ。ピクニックランチもイギリスふうにしたほうがよかったかもしれないけれど、ぜひ君にタパスを味見してほしくて」ラモンはバスケットから容器をいくつも取り出した。

「伝説では、スペインのアルフォンソ十世が病気になったとき、医者からワインとともに少量の食事をこまめに摂るように言われ、病から回復したあとも、居酒屋でワインを提供するときには必ず軽食も出すように命じたと言い伝えられている」

「それがタパスの始まりなの?」

「趣《ロマンティック》があるバージョンのね」ラモンは笑った。

ロマンティックという語が強調されているように感じたのは、私の気のせいだろうか?

「タパスという名は、〝覆う〟という意味の動詞〝タパル〟から来ている。身も蓋もないバージョンでは、ワインの中に虫が入らないよう、グラスの上に薄切りのパンをのせたのが始まりと言われている。やがて居酒屋の店主たちは、パンの上にスモークハムやチーズ、あるいはもう少し手の込んだものをのせるようになった」

「まさかこれを全部あなたが作ったの？」

「違うよ」ラモンは白状した。「僕のフラットの近くにある小さなスペイン料理の惣菜屋《デリ》で買った。君に最高のタパスを味わってほしかったんだ」

「じゃあ、あなたは料理はできないわけ？」

ラモンは微笑んだ。「どうしても料理しなくてはいけない場合以外はしないよ」ラモンの笑みが大きくなる。「そういうわけで、君に手料理をふるまう予定はない。美味《おい》しくないに決まっているからね。ところで、君は嫌いな食材はあるかい？」

「特にないわ」

「よかった。じゃあ目を閉じて」

「何ですって？」聞き間違いかと思った。

「目を閉じて」ラモンはくり返した。「視覚を遮断すると味覚が鋭くなる。初めて口にする料理がより鮮明に味わえるはずだ」ジェニファーの不安そうな表情に気づいて、彼はこうつけ加えた。「友だちである僕の頼みを聞いてくれないか？」

ノーと言うべきだった。それはわかっていたのに、ジェニファーはおずおずとうなずいて目を閉じた。

「口を開けて」

なぜラモンの声はこんなに……セクシーなのだろう？　こんなのずるい。目を開けようとすると、目蓋に彼の指がのせられた。

「のぞき見はだめだ」笑いを含んだ声だった。「さあ、口を開いて」

彼女は口を開き、最初のタパスを味わった。

「美味しいわ」

「アーモンドを詰めたオリーブだ。次はこれだよ」

「ハムね」

「最上級の生ハム――〝ハモン・クラド〟だよ」

わずかに憤慨した声から彼の表情を思い浮かべ、ジェニファーは微笑んだ。「これも美味しいわ」

「ただ〝美味しい〟だけ？　これはどうだ？」

ジェニファーはこのゲームが楽しくなってきた。

「チーズだわ。スペインのチーズね」

「もちろん。マンチェゴというチーズだ」ラモンはくすくす笑った。「このチーズを角切りにして、オリーブオイルに漬けて保存することもある」

ジェニファーは顔をしかめた。「それはちょっと油っこくないかしら？」

「クラッカーにのせるとそうでもない。それに、いいオリーブオイルを使えば油っこくはならない」ラモンは言葉を切った。「ふむ、店にセビージャ名物のヒヨコ豆とほうれん草がなくて、こういうアレンジにしたんだな。きっと君も気に入るぞ」

次の一口を食べたとたん、いくつもの味が口の中で爆発した。「海老《えび》にキノコ、それからハーブ……でも土台になっている食材がわからないわ」

「揚げたナスだよ」

ジェニファーはつい軽口を叩いた。「こんなに油ばかりだと体に悪いんじゃないの？」

「シスター・ジェイコブズ、オリーブオイルは一価不飽和油だから健康にいいんだ。それにビタミンEを吸収するには油脂も必要だよ」

ささやかな講義をジェニファーは笑って受け流した。「わかりました、ドクター・マルティネス」

次にラモンはガーリックオイルを塗ったトーストに、炙《あぶ》ったマグロをのせたタパスを食べさせてくれた。最後に食べたものは、すぐに何かわかった。

「イギリスのイチゴね！」

「ペストリーは品切れだったんだ。それに君はイチゴが好物だろう」

ジェニファーは目を開き、ぎょっとした。いつの間にか自分もラグに横たわり、片肘をついたラモンがこちらを見下ろしていたからだ。

「タパスは気に入ったかい？」

「ええ、とても美味しかったわ」ジェニファーはじりじりとラモンから離れようとした。

「ジェニファー、なぜ僕を怖がる？　過去に男性からひどい目に遭わされた経験でもあるのか？」

「それ以上訊《き》かないで、ラモン。お願い」

ラモンはため息を吐き、頭を下げると、そっと唇を重ねてきた。

その唇は何も強いず、優しく彼女の反応を待っていた。一言ジェニファーがノーと言えば、ラモンが身を引くつもりなのがわかった。

それなのにジェニファーは彼の首に手を回し、唇を差し出してしまった。さらに、次に彼が唇を重ねてきたときは、こちらからキスを返してしまった。

どれほどそうしていただろうか。どこかで口笛が聞こえて、ジェニファーははっとわれに返った。自分たちは公共の場で情熱的にキスを交わしていたのだ。彼女は真っ赤な顔でラモンを押しのけた。

ありがたいことにラモンは抗《あらが》わずに身を起こし、ジェニファーが座り直すのに手を貸してくれた。

「どうしたんだ、ジェニファー」

「こんなことはできないわ」

ラモンは不思議そうに眉を上げた。「今したばかりじゃないか」

ジェニファーは言葉に詰まり、ラモンを睨みつけた。「笑いごとじゃないわよ！」

「いかにもイギリス人らしい慌てぶりがおかしかっただけだ。ただのキスじゃないか」

「論点はそこじゃないの、ラモン。私は職場の同僚なのよ。行きずりの恋人じゃないわ」

ラモンの瞳が真剣な光を帯びた。「僕は行きずりの恋人を求めているわけじゃない」

「でも永遠の愛を求めているわけでもないでしょう。私は今の生き方が好きなのよ、ラモン」

「僕にこれ以上近づくなと言いたいんだな」

「ええ」

「今朝は友だち同士だったのに」

それはラモンにキスされる前——彼がどれほど危険な存在か身をもって知る前のことだ。

どうやら思ったことを口にしてしまったらしい。ラモンが言った。「ほんのキス一つで僕たちの関係を壊したくない」

ほんのキス一つ？　どれほど長い間、唇を重ねていたかもわからないのに？　ラモンの髪はくしゃくしゃだし、唇も腫れぼったいではないか。私だって似たよう格好に違いない。


「許してくれないか？」

あどけなく微笑まれ、長い睫《まつげ》ごしに悔恨のまなざしで見つめられると、ジェニファーに勝ち目はなかった。〝ノーと言うべきだ〟と頭が考えているうちに、口が〝イエス〟と答えていた。

「これからはお行儀よくふるまうよ」口ではそう言いながら、その目は違うことを告げている。料理の残りをバスケットに戻すと、ラモンは微笑んだ。「荷物を片づけたら、少し歩かないか？」

「そうしましょう」そう答えたジェニファーは、もう自分が正気だとは思えなかった。

ラモンは約束を守り、行儀よくふるまった。散策する間、手をつなごうとさえしなかった。心のどこかでジェニファーは残念だと思ったが、これが正しい行いであることもわかっていた。ラモン・マルティネスに深入りするわけにはいかないのだ。最後まで思いを貫けないなら、恋を始めても意味がない。

5

それから数日の間、ラモンは〝お行儀のいい〟態度を取り続けた。言葉を交わすときも、仕事の話題がほとんどだった。やがて二人はいっしょにコーヒーを飲むようになった。もちろん同僚として。

ジェニファーはすっかり彼に気を許していたので、その日ラモンに廊下で呼び止められたときも、何の疑問も持たずに彼のオフィスへ入っていった。

ラモンがドアを閉め、そこにもたれかかったとき、初めてジェニファーの警戒心にスイッチが入った。

「今夜の予定は空いているかい？」

形だけの質問だとわかった。彼はすでに出勤表で、ジェニファーのスケジュールを把握しているに違いない。「なぜそんなことを訊《き》くの？」

「君をコンサートに誘いたいと思ったからだ」

「どんなジャンルの音楽なの？」しまった。音楽は嫌いだと答えるべきだった。あるいは、家で用事があると言って断るべきだった。

「室内楽だ。ビバルディとかバッハとか」

アンドリューとはよくコンサートを楽しんだものだ。結婚するまで――彼の本性がわかるまでは。

落ち着けとジェニファーは自分に言い聞かせた。すべては過去のことだ。もしここでラモンの誘いを断ったら、アンドリューに負けたことになる。

「それなら〝友人〟としてごいっしょするわ」

「家まで迎えに行こうか？」

「会場で待ち合わせましょう」ふと気づくと、ラモンが面白そうにこちらを見ていた。「何なの？」

「迎えに行くと申し出るたび、君に断られる。よほど僕に家を見せたくないらしいな」

ジェニファーは赤面した。「私はただ、人に頼らず移動したいだけよ」

「それならホールのロビーで待ち合わせよう」

「会場と開演時間を教えて」

「コーン・ホールで七時からだ」

「そろそろ仕事に戻ってもいいかしら？」

「もちろん。じゃあまたあとで《アスタ・ルエゴ》、かわいい人《カリーナ》」

甘いスペイン語の響きに、ジェニファーの平常心は粉々に砕かれてしまった。その言葉を発した唇にキスされた記憶のせいかもしれない。

　いい加減にしなさい、仕事に集中するのよ。ジェニファーは自分をたしなめた。けれど、その日はずっとラモンを意識せずにはいられなかった。ラモンの微笑《ほほえ》みが、彼の笑い声が、周囲が彼に向ける目が気になって仕方がなかった。

　彼の誘いを受けてしまうなんて、私は何を考えていたのだろう？

　仕事が終わると迷いはさらに深まった。コンサートなんて久しぶりで、何を着たらいいか見当もつかない。アンドリューには盛装しろと言われたが、フォーマルすぎて目立つのも嫌だし、カジュアルすぎてラモンに恥ずかしい思いもさせたくなかった。

「落ち着きなさい」ジェニファーは鏡に映る自分をたしなめた。暑い季節だからワンピースで大丈夫だ。久しぶりに軽く化粧もしたのだし。

　ロビーの人混みの中でも、ラモンはすぐに見つかった。プログラムを読む彼の姿は、息をのむほど格好よかった。黒いズボンが長い脚をぴったりと包み、深い琥珀色《こはくいろ》のシャツが浅黒い肌を際立たせている。

「待たせてしまってごめんなさい。車を駐《と》める場所が見つからなくて」

「かまわないさ《デ・ナーダ》」そう言ってラモンは、ジェニファーの全身をしげしげと見つめた。「今夜の君はとてもすてきだ」

アンドリューなら褒めてなどくれなかっただろう。髪型か口紅の色か、とにかく何かに難癖をつけたはずだ。ジェニファーは記憶をふり払った。アンドリューは死んだのだ。過去の幻影を怖がる必要はない。

それでも座席に着いたときは、まだ緊張で全身がこわばっていた。しかも思った以上に座席同士が近く、今にも膝がふれそうで心臓がどきどきした。

けれど演奏が始まると、不安も恐怖もすべて消え去った。大好きなハイドンやビバルディやバッハの曲に、そして聞いたことのない曲にジェニファーは身を委ねた。すっかり忘れていた、音楽を生で聞く興奮がよみがえる。休憩時間になって初めて、ジェニファーは自分がラモンと指を絡めているのに気づいた。いつから手をつないでいたのかまるで思い出せず、パニックで息ができなくなった。

「そんなに僕を怖がらなくてもいい」ラモンが苦笑して、彼女の手の甲にそっとキスしてから手を放した。ひょっとしたら気のせいかと思うほどささやかな口づけだった。でも唇がふれた証拠に、肌にはうずうずした感触が残った。

それからは演奏曲目についての話になったので、ジェニファーの不安は徐々に和らいでいった。やがてコンサートも終わり、てのひらが痛いほど拍手するころには緊張もすっかり解け、ラモンが肘に手を添えてエスコートしてくれても平気になった。

「これからディナーでも？」ラモンが訊《たず》ねた。

「ありがとう。でも、もう遅いから」

「そうだったな。スペインと違ってイギリスでは夕食が早いことをいつも忘れてしまう。ごめんよ」

「今夜はありがとう。本当に楽しかったわ」

「食事がだめなら飲み物はどうだ？　もし君に勇気があれば、本物のスペインのホットチョコレートを作ってあげるよ」

当たり障りのない口実で断るつもりだった。けれど理性に反して、ジェニファーはこう答えていた。

「嬉《うれ》しいわ。ありがとう」

ジェニファーの車でフラットまで向かう間も、フラットの階段を上る間も、ラモンは無理に言葉を交わそうとはしなかった。

ジェニファーが心底、緊張しているのが手に取るようにわかったからだ。彼女がかつて男にひどく傷つけられた経験があるのは間違いない。そいつの鼻をへし折ってやりたかった。

いい加減にしろ。ラモンは自分をたしなめた。今は彼女の信頼を勝ち得るのが最優先だ。

「僕はその……出かける前に部屋を片づける余裕がなかったんだ」そう言って、謝罪するように笑ってみせる。少なくともこれで、彼女を家に呼ぶつもりはなかったと伝わるはずだ。「散らかっていることをあらかじめ謝っておくよ」

「それはかまわないわ」

ちくしょう。ジェニファーはまた心を閉ざし、はかばかしい反応を見せなくなっている。

「僕がホットチョコレートを作る間に」玄関から中に入るとラモンは言った。「手を洗いたければ、バスルームは右側の一番奥だ」その隣が何の部屋か、口にするつもりはなかった。寝室と言っただけで彼女は飛んで逃げるに決まっている。「リビングは向かって左側にある。どうかくつろいでくれ」

「ありがとう」またしても、あのおずおずとした笑み。だが少なくとも、彼女はまだここにいる。とりあえず、そこまで怖がらせずにすんでいるらしい。

洗面所で手を洗いながらジェニファーは思案した。適当な口実を見つけて早く帰ろう。楽しい一夜のお礼を告げ、安全なわが家に帰るのだ。そう心を決めて、何やら食器の音が聞こえるキッチンに向かったところで、ジェニファーはぎくりとした。

ラモンが何やら独り言を言っていたからだ。しかもスペイン語だから意味はまるでわからない。

「何をぶつぶつ言っているの？」

「何でもない。ミルクを焦がすな、シナモンを入れすぎるなと自分に言い聞かせているだけだ」

ひょっとして彼も緊張しているのだろうか？

ラモンははにかんだ笑みを浮かべた。「自分の家で女性にホットチョコレートをふるまうなんて、めったにあることじゃないからね。君は友だちだから……」ラモンは散らかり放題のキッチンを見回した。「この惨状を見逃してくれるよね？」

こらえきれずにジェニファーは噴き出した。

「笑わないで、向こうで待っていてくれ」

「シェフの仰せのままに」

リビングはキッチンに劣らず散らかっていた。書類の山をどけなければ、椅子に座ることもできない。ソファにクラシックギターが鎮座し、本や雑誌がテーブルに山積みになっている。この部屋は物置き代わりか、ラモンに整理整頓の習慣がないか、どちらかだろう。あるいは恋人が片づけてくれるのかも。

そんなはずはない。ラモンはきちんとした道徳観の持ち主だ。恋人がいたなら、たとえ友だちとしてでもジェニファーを家に誘ったりしないだろう。

「さあ、これがスペインのホットチョコレートだ」

ラモンがやってきて、マグを手渡してくれた。

ジェニファーはおそるおそる口をつけ、驚きに目を見張った。「美味《おい》しいわ。それに濃厚ね。まるでチョコレートソースを飲んでいるみたい」

「カカオ分の多いチョコレートを溶かして、ミルクとシナモンと卵黄と混ぜて作るんだ」

なるほど、これほど濃厚なのも納得だった。

「それからチュロスを忘れちゃいけない」ラモンはチュロスののった皿を差し出し、ウインクとともにチュロスを一本、チョコレートに浸した。「これがスペイン流の食べ方だよ」

チョコが染みるとチュロスは格段に美味しくなった。「あなたがギターを弾くとは知らなかったわ」

ジェニファーはソファのギターを身ぶりで示した。

「ときどきね」

気がついたら、ジェニファーはこう言っていた。

「私のために何か弾いてくれない？」

「君のために？」ラモンは曰《いわ》く言い難い表情でちらりとこちらを見た。チュロスの皿を本の山の上に、マグを床に置いてから、ラモンはギターを手に取ってソファに腰を下ろした。そして、ジェニファーも知っている曲を弾き始めた。

驚いたことにラモンのギターは玄人はだしだった。

「タイトルは知らないけど、聞いたことがあるわ」

「『禁じられた遊び』のテーマだ」

「すてきな曲ね。あなたのギターも上手だわ」

「ありがとう。でも、実はこの曲はそれほど難しくないんだよ。何かリクエストはあるかい？」

「スペインらしい曲が聞きたいわ」

いきなりラモンはとてもテンポが速くて情熱的な曲を弾き始めた。

ラモンが弾き終わるとジェニファーは言った。

「初めて聞く曲だけれど、フラメンコダンサーが床を踏み鳴らしながら踊っているみたいだった」

「イサーク・アルベニスの《アストゥリアス》だ」

「音楽の道に進もうとは思わなかったの？」

ラモンは顔をしかめた。「演奏者と医者、どちらになろうか悩んだ時期もあったよ。でも、ギターなら趣味として好きなときに弾くことができる。だから、より重要な医学の道を選んだ」

「後悔はしていない？」

ラモンはため息を吐《つ》いた。「もちろん後悔するときもある。患者が亡くなって落ち込んだ日には、さっきのような激しい曲で怒りと悲しみを発散する。

それから、せせらぎの音を聞きながら芝生に横たわり、空の雲を見上げているところを想像する」そう言ってラモンは静かで叙情的な曲を弾き始めた。

ジェニファーの目に涙が浮かんだ。「美しいわ」

「セロドニオ・ロメロの書いた《三つのプレリュード》の一曲、《ロマンティコ》だ」ラモンはちらりとこちらを見てから、ジェニファーも知っている歌――《もしあなただったら》を弾きながら歌い始めた。ただし、スペイン語の歌詞で。

ジェニファーはうっとりと聞き入った。メロディがつくと、とろけたチョコレートの声が一千倍も甘く聞こえた。

いきなりラモンが歌うのをやめた。「いったいどうしたんだ、かわいい人《カリーナ》？」

「その――何でもないわ」ジェニファーは赤面した。

「何か君の気に障ることをしてしまったかな？」

「いいえ」

「でも君は……平静を失っている」

ついジェニファーは頭に浮かんだことをそのまま口にしてしまった。「あなたに見とれていたの」

「僕に見とれていた」

ラモンの目が暗くけぶり、彼女は口がからからになった。なぜこんなことを口走ってしまったのか。

「僕に見とれていた」

ラモンがギターを置くと、ジェニファーの心臓が激しく打ち始めた。

「僕に見とれていた」ラモンはくり返し、彼女の正面に立つと、熱いまなざしを注ぎながら手を差し出した。ジェニファーは手を引かれるままに立ち上がった。ラモンは再びスペイン語で歌い出した。ジェニファーは彼から目を離すことができず、歌が終わって抱き寄せられると、素直に身を委ねた。そして近づいてくるラモンの唇に、こちらから唇を重ねた。

彼に抱き上げられ、寝室へ運ばれている間も、ジェニファーは一言たりとも抗議しなかった。キスを返すのに忙しかったからだ。

　ベッドの横に下ろされて初めて、ジェニファーはわれに返った。

「初めて君を見たときから、こうしたくてたまらなかった」ラモンはジェニファーの脈打つ手首にキスを落とし、次に肘の内側に口づけた。

　ラモンが答えを待っていることにジェニファーは気づいた。今こそ身を引くタイミングだった。

「無理強いはしたくない」ラモンの声は情熱でかすれていた。「でも、これだけは言っておくよ。君と僕がこうなるのは時間の問題だったんだ」

　自信満々なラモンをジェニファーは睨《にら》みつけた。

「どんな女性もあなたの魅力に抗《あらが》えないから？」

「すべての女性が僕の足もとにひれ伏してくれるなんて思わない。何より、僕はデートした女性をいつもベッドに誘うわけじゃない」

　ジェニファーの顔がかっと熱くなった。「世間知らずの女だけ誘うってこと？」

「君は世間知らずじゃないよ。僕たちの間には何かがある、ジェニファー。それは……」ラモンがスペイン語に切り替えたので、理解できずにジェニファーは彼を睨んだ。ラモンは肩をすくめた。「上手《うま》く言えない。とにかく君のせいで頭がどうにかなりそうなんだ。君だってそれは同じはずだ。だったら、自分の気持ちに抗う理由はないじゃないか」

「なぜなら私たちが職場の同僚だからよ。前にも言ったけれど、行きずりの恋の相手にはなるつもりはないの。それに……」ジェニファーの声が小さくなった。嘘《うそ》は吐けなかった。たしかに私はラモンに惹《ひ》かれている。でも、誰ともベッドをともにしなくなって久しい。もし彼をがっかりさせてしまったら？

　彼女の逡巡《しゅんじゅん》をラモンは別の意味に取ったらしい。

「君に恋人はいないし、僕にも特定の相手はいない。

僕たちがベッドをともにしても、誰かを裏切ることにはならない」ラモンは彼女の首で脈打つ血管にふれた。「僕たちは結ばれる運命なんだ」

彼は怖いくらいに自信満々だった。

「ジェニファー、君が欲しい。君とベッドをともにしたい」ラモンは彼女の顔の輪郭を指でたどった。「明日のことは明日考えよう。でも今夜は……」そう言ってラモンは唇を重ねてきた。

どちらが先に動いたかはわからない。ジェニファーはラモンのシャツのボタンを外し、彼の胸をはだけた。ラモンのほうはワンピースのファスナーを下ろして肩から押し下げ、白い肌をあらわにした。

「かわいい人《ボニータ》」黒いレースのブラジャーとお揃《そろ》いの黒いショーツを目にして、ラモンははっと息をのみ、焦《じ》らすように下着の縁を指でくすぐった。「なんてきれいなんだ。ダメ・ウン・ベソ――キスしてくれ。頼む。僕の頭がどうにかなってしまう前に」

ジェニファーは頭がくらくらするまでキスをした。ラモンはスペイン語混じりの英語で睦言《むつごと》をささやきながら、ジェニファーの服を脱がせていった。彼女がふれたとたん、彼の導火線に火が点《つ》いた。次に気がついたら、ジェニファーはひんやりしたシーツに寝かされており、隣に横たわったラモンが指先で彼女の体を愛撫《あいぶ》していた。

「さあ、ジェニファー。僕と愛を交わしてくれ」ラモンはささやき、誘うように頭をかしげた。

「でも……」

彼女の心が読めたのだろうか、ラモンがにっこり微笑んでみせた。「大丈夫、避妊はする」

「準備していたの？」

「さっきも言っただろう？ こうなることはわかっていたって」

ジェニファーは長い間ラモンを見つめていたが、やがて唇を重ねた。

ラモンに愛撫され、全身にキスの雨を降らされて、とうとうジェニファーはこみ上げる欲望で気が遠くなった。そうなって初めてラモンはゆっくりと避妊具をつけ、自分の上にジェニファーをまたがらせた。

「キエレメ——僕を愛してくれ、ジェニファー」

ことが終わったあと、ジェニファーはラモンに抱かれて横たわった。「ラモン、私——」

「黙って。何も言う必要はない」ラモンは彼女のてのひらにキスを落とし、その手を握らせた。

「二人とも明日は仕事があるのよ」

「二人とも遅番だし、夜は始まったばかりだ」

「ラモン——」

ラモンはキスで彼女を黙らせた。「一度では足りない。もっともっと欲しい」彼が鼻先をこすりつけてきた。「どこにも行かせないぞ。少なくとも、もうしばらくの間は」

ジェニファーはごくりと唾をのんだ。彼はまさか一晩じゅう、私を帰さないつもりなの？

「今は仕事のことは忘れて、二人だけの時間を楽しもう」ラモンは苦笑した。「こんなに誰かに夢中になるのは初めてだ」

「私もよ」愛の営みがこんなものとは知らなかった。

「そんなことを言われたら、ますます帰したくなくなる」ラモンは再びあの手この手で愛撫を始め、ジェニファーの快感を高めていった。抗議しようなどという考えは、もはや頭をよぎりもしなかった。

やがてジェニファーはラモンの抱擁から身を離した。「もう行かなくちゃ」

「今夜はここにいてくれ」

ジェニファーは首を横にふった。「できないわ」

「できないのか、したくないのか、どっちだ？」

同じ質問をされたことがあった。「両方よ」

ラモンは身を起こし、彼女の首筋に唇を寄せた。

「それなら約束してくれ。いつの日か——それも近いうちに、朝までここで過ごしてくれると」

「ラモン――」

「必ずここに戻ると約束しなければ、君をベッドから出さない」ラモンは彼女の耳たぶを優しく噛《か》んだ。

ジェニファーは鋭く息をのんだ。あと一秒でもここにいたら、出ていく勇気が萎えてしまう。「ええ、わかったわ」

「君にふれ、そして体を重ねた感触を知ってしまった今、ますます君が欲しくてたまらない」ラモンはジェニファーの肌に唇を寄せた。

ようやくジェニファーが服を着ることができたのは、さらに一時間経《た》ってからだった。しかも、部屋から出るためには、寝乱れたベッドでセクシーな笑みを浮かべる全裸のラモンから目をそらさなければならなかった。もし一目でも見てしまったら、ここから出られない。それだけは絶対に避けたかった。

6

黒い前足で鼻をつつかれて、ジェニファーはうめき声をあげた。「スパイダー、お願いだからあと二分寝かせてくれない？」

ミャーという声は明らかに〝ノー〟と言っていた。

「わかった、わかった」ジェニファーは這《は》うようにベッドを出ると、ガウンをはおってキッチンに向かった。猫に餌をやり、思い切り濃いコーヒーを入れ、キッチンの椅子に座りこむ。〝明日のことは明日考えよう〟とラモンは言った。でも昨日の〝明日〟は、もう今日だ。考えることはたくさんあるのに、病院で彼と顔を合わせるまであと四時間しかない。

いったいどんな顔でラモンに会えばいいのだろ

う？　昨夜のことは何の言い逃れもできない。アルコールは一滴も飲んでいないし、ノーと言うチャンスもあった。でも私はラモンの歌声に心をとろかされ、いそいそと彼のベッドに飛び込んだのだ。

これからどうなるか、考えられる可能性は三つあった。その一。ラモンは一夜限りの相手が欲しかっただけで、今後は私を放っておいてくれる。その二。ラモンは派遣中の気晴らしを求めているので、今後も言い寄ってくるが、永続する関係までは求めない。その三。彼はジェニファーとの真剣な交際を考えていて、さらに熱心に口説いてくる。

三つのうち、どれが一番恐ろしいだろう？

穏やかで秩序ある今の暮らしが、ジェニファーは気に入っていた。病院で献身的に働き、余暇は家事や庭仕事やスケッチなど、好きなことに費やす。あれをしろ、こう考えるべきだと、誰かに押しつけられる生活には二度と戻りたくなかった。

けれどラモンが、私の〝ノー〟を素直に受け入れてくれるとは思えない。

ジェニファーはぞくりと身を震わせ、残ったコーヒーをシンクに流すと、多少なりとも分別が戻ることを期待しつつ、時間をかけて冷たいシャワーを浴びた。けれど病院に出勤しても、ラモンに何と言えばいいか、さっぱりわからないままだった。

どうにか引き継ぎに意識を向けることはできたものの、ジェニファーはいつラモンの声が聞こえるか、いつラモンの気配を感じるかと、全身の神経を張りつめていた。看護学生のリジーでさえ、ジェニファーの気もそぞろな様子に気がついた。

「どうしたんですか、ＪＪ？」

「何でもないわ」ジェニファーはこわばった声で答えた。「昨夜よく眠れなかっただけ」

「本当に大丈夫ですか？」

「ええ、もちろんよ。無駄話はやめて、そろそろカルテの整理をしたらどう？」

　そう言ってからジェニファーは内心で顔をしかめた。今までこんなきつい物言いをしたことはない。もしリジーが誰かに話せば、〝ＪＪが冷静さを失った〟と、すぐに病棟じゅうの話題になってしまう。

「こんにちは《ブエナス・タルデス》、シスター・ジェイコブズ」

　肝心なときに警戒レーダーが働かなかったらしい。どれほど冷静な顔を保つつもりでも、不意を突かれてはどうしようもない。「こんにちは、ドクター・マルティネス」ジェニファーは固い声で応じた。

　ラモンは顔をしかめた。「君に話がある」

「今はだめよ」

「じゃあ午後の休憩のときに。場所は僕の診察室でもカフェテリアでもかまわない。いいね？」にこりとも笑わずそう念を押すと、ラモンは去っていった。

　その日は患者についてラモンに相談されることもなかったので、休憩時間が来るころには、ジェニファーはこれ以上ないくらい心が乱れていた。

「シスター・ジェイコブズ、われわれの症例相談の時間だ」ラモンがぬっと現れた。

「ええ、ドクター・マルティネス」

　他のスタッフがいないところまで移動すると、ラモンはジェニファーの腕をつかんで自分のほうを向かせた。「いったいどうしたんだ？」

「私……」口がからからで、言葉を発することができなかった。

　ラモンはため息を吐《つ》いた。「わかっている。昨日は僕が性急すぎた。すまない《ロ・シエント》。でも僕は昨夜起きたことは何ひとつ後悔していない」

　ジェニファーは真っ赤になった。「そういう話はこんなところでするべきじゃないと思うわ」

　ラモンは肩をすくめた。「それじゃあ僕はどうすればいい？　このまま君が身を引き、心を閉ざしてしまうのを手をこまねいて見ていればいいのか？

僕は君にふれたことを後悔していない」ラモンの声が情熱の響きを帯び始めた。「君にキスしたことも、君を味わったことも」

そのとたん、まざまざと記憶がよみがえり、思わずラモンに身を預けそうになって、ジェニファーは慌てて姿勢を正した。ラモンには頭を冷やしてもらわなくてはいけないのだ。私を抱いてリネン室に飛び込んでもらうのではなく。「でも私は後悔しているわ」

ラモンが怪しむように目を細めた。「昨夜はそうは見えなかった」

「あれは……一夜の過ちよ」

「違う。僕たちの体は嘘《うそ》を吐いていなかった」

明らかに事態の行く先は、可能性その一ではなさそうだ。もっとも、最初からこれではないだろうと感じてはいたけれど。「まだそういう気持ちになれないの。正直なところ、いつかそうなるとも思えない。私は……」アンドリューのことを話さずに説明するのは難しかった。何より、打ち明けたらラモンに哀れみの目で見られてしまう。それだけは耐えられなかった。「私たちは職場の同僚。それが、私たちのあるべき姿だと思うわ」そうしておかないと、私が心の安寧を保てない。

「何をそんなに怖がっているんだ？」

「前にも言ったとおり、行きずりの恋はしたくないの。それに結婚もしたくない」これで可能性その二とその三を封じたも同然だ。

体の奥で反論する声があがった。本当はわかっているくせに。ラモンとの結婚は終身刑ではなく、末永い幸福だということが。

ジェニファーはその声を無視した。自分の人生は、自分の思うように築いていきたい。

「つまり、昨日のことは一夜限りだと言うのか？」

「昨日は昨日、もう過去の話よ。これからはただの同僚でいたいの、ドクター・マルティネス」
「君の仰せのままに。これからはコーヒーもいっしょに飲むのはやめよう」ラモンは冷ややかに一礼すると、きびすを返して去っていった。これが正しかったのだと自分に言い聞かせながら、ジェニファーは彼の後ろ姿を見送った。そして、理性に従う勇気があるくせに、本心には従えない臆病者だとなじる内心の声は聞かないふりをした。

ラモンは心の中で知っている限りの悪態を吐いた。ジェニファーを急《せ》かしたのは失敗だった。時間をかけて穏やかに口説こうと自戒していたはずなのに。でも一度ベッドをともにしてしまうと、もう自分が抑えられなかった。その挙げ句、かえって彼女に距離を置かれてしまった。もう一度チャンスが訪れる保証はない。なぜ、もっと辛抱できなかったんだ？

なぜなら、僕は辛抱が苦手な人間だからだ。

ただの同僚。そう考えただけで、気持ちがひどく落ち込んだ。僕がよそよそしく礼儀正しいほうがジェニファーは嬉《うれ》しいのだ。いっぽう僕は、彼女を抱きしめ、キスし、その瞳が情熱に燃え上がるさまを見たくてたまらないのに。いったいどうすれば〝ただの同僚〟としてやっていけるだろう？

とりあえず、しばらくは彼女と接触しないように過ごすしかない。

何とかそれで一時間をやり過ごしたころ、新しい患者が診察室にやってきた。
「初めまして。君がオリバーかい？」
「オリーだよ」男の子はささやき声で答えた。
「オリーだね。まずパパとママとお話をしてから、君の診察をさせてもらおう」ラモンはデスクの下からレゴブロックの入った箱を取り出した。「その間にロボットを作ってくれるかな？」
「いいよ」少年はしんどそうで、ブロック同士をはめるのに苦労しているように見えた。

「ミスター・ティムズ、ミセス・ティムズ、息子さんの具合が悪いと気づいたのはいつですか？」

「一カ月ほど前に、泳ぎに行ったあと、お腹《なか》を壊しました」ミセス・ティムズが答えた。「私もお腹を壊したので、プールで何かの菌をもらったのだと思います。激しい腹痛と下痢の症状が出ました」

「血便はありましたか？」

「いいえ」

「症状はどのくらい続きましたか？」

「一週間ほどです。治ったように見えたので学校に行かせましたが、その――なんとなく調子がおかしくて」ミセス・ティムズは唇を噛《か》んだ。「よくつまずくようになったうえ、のみ込むときに喉が痛いと言い出しました」

ラモンの頭の中で警報が鳴り始めた。かかりつけ医からの紹介状には〝GBSの疑いあり〟と書いてあった。GBSはギラン・バレー症候群の略称だ。

「それらの症状はだんだん悪化していますか？」

「ええ、この一週間ほどで」

「他に痛みを訴えている場所はありますか？」

「背中が痛いそうです」父親が答えた。

ますますまずい。背中の痛みと筋力の低下は、ギラン・バレーの子どもによく見られる症状だ。「それ以外に何か伺っておいたほうがいいことは？」

「とにかく息子は……どこか変なんです。上手《うま》く説明できなくて申し訳ありません」

「僕はいつも親御さんの話をよく聞くようにしています。誰よりも早く異常に気づくのは、子どものことを一番よく知っているご両親ですからね。では、そろそろオリーを診察しましょう」

ラモンはレゴのロボットを褒めてから、オリーを診察台に寝かせて優しく診察した。思っていたとおり、腱《けん》の反射が見られず、末梢《まつしょう》神経障害と筋力低下の兆しがあった。何より、症状が左右対称だった。これもギラン・バレー症候群の有力な指標だ。

「オリー、僕の左を見てくれるかい？　よし、いいぞ。今度は右を見て」明らかにオリーは眼球を動かすのに苦労していた。「ありがとう。次はこのチューブに思い切り息を吹き込んでごらん」

肺活量を三回計ってから、ラモンは内心でため息を吐いた。

「オリー、恐竜は好きかい？」

「うん、大好き」

「じゃあ、パパとママと話をしている間、恐竜の本を読んで待っていてくれないか」ラモンはオリーに子ども向けの恐竜図鑑を渡した。

「それで、あの子は何の病気なんですか？」ミセス・ティムズが訊《たず》ねた。

「いくつか検査をしてみないとはっきりしたことは言えませんが、オリーはギラン・バレー症候群だと思われます。これは急性炎症性多発性神経障害とも呼ばれ、簡単に言えば、手足の神経が炎症を起こして正常に機能しなくなってしまう病気です」

「治るんですか？」

「多くの患者は完治しています。早期発見して治療をすれば、それだけ回復も早いですし」

「それにしても、なぜオリーだけ罹《かか》って、私は罹らなかったんでしょう？」ミセス・ティムズが訊ねた。

「ギラン・バレーは接触感染する病気ではないからです。病気のメカニズムが完全に解明されたわけではありませんが、自己免疫の異常が原因であることがわかっています。感染症に罹ったとき、人間の体内では抗体が作られます。ところがこの抗体が本来攻撃するべき菌やウィルスではなく、自分の神経を攻撃してしまうんです。そのために神経が信号をすばやく伝達できなくなり、筋力が低下していきます。筋力低下は脚から始まり、徐々に上半身へと広がっていきます。オリーが最近よくつまずくようになったのはそのせいです。オリーの髄液を採取して検査しないと断言できませんが、おそらくギラン・バレーで間違いないと思います」ラモンはため息を吐いた。「問題は、症状が急速に進むことです。遠からずオリーは症状のピークを迎えます。ピークは数日間から数週間続き、それを過ぎると回復に向かいます。たいていの子どもは二カ月ほどで回復しますが、治るまで二年以上かかる場合もあります」

「後遺症が残る可能性はあるんですか？」

「ピーク期間の長さによります。ピークが二週間以内なら、完治することが多いですが、それ以上長いと筋力低下が残るかもしれません。その場合は理学療法が有効です。オリーはこれからしばらく集中治療室に入る必要があるでしょう」

「集中治療室？」ミセス・ティムズが青ざめた。

「まあ、ブライアン、どうしましょう」彼女は夫の手を握りしめて、唇を噛んだ。「この子は……私たちの一人息子なんです」

「恐ろしげに聞こえるかもしれませんが、実のところ集中治療室《ICU》に入るのが一番いいんです」ラモンは穏やかに説明した。「症状が進行すると、呼吸が困難になり、人工呼吸器が必要になることもあります。嚥下《えんげ》が難しくなれば、鼻腔《びくう》栄養チューブや点滴で栄養を摂《と》ることになります。関節の動きが悪くならないよう理学療法を行い、常に脈拍と血圧、それに血中酸素をチェックします。免疫グロブリン製剤を投与すれば、回復が早くなることが期待できます」

「とにかく、治るんですよね？」

「患者の八割が完治しています」ラモンは答えた。「われわれも全力で治療に当たりますので」

「先生が担当してくださるんですか？」

ラモンは首をふった。「僕は小児科医なので、治療を担当するのはＩＣＵの顧問医ミッチ・ブレナンになります。優秀な医者ですよ。さて、さっき言っていた検査に取りかかってもいいですか？」

「もちろんです」ミセス・ティムズが答えた。

「手伝ってもらう看護師を呼んできます」

診察室を出たとたん、ジェニファーが目に入った。

「シスター・ジェイコブズ、看護師を一人よこしてくれないか」

「あいにく今は手の空いている看護師がいないの。急ぐのかしら？」

「できるだけ早く腰椎穿刺《せんし》を行いたいんだ。GBSの疑いがあって、早急に検査に出したい」

ジェニファーは即答した。「私が手伝うわ」

「大丈夫かい？」

彼女はラモンを睨《にら》みつけた。「私はプロの看護師よ、ドクター・マルティネス。非番のときに何が起ころうとも、勤務中はやるべきことをやるわ」

「そういう意味で言ったんじゃない。君が優れた看護師なのはもちろん承知している。ただ、僕たちの今の状況を考えると……いらぬストレスをかけるんじゃないかと思っただけだ」

ジェニファーは赤面した。「ごめんなさい」

「それでは、検査の手伝いを頼む」

ジェニファーは消毒セットを取ってくると、ラモンのあとについて診察室に入った。「こちらはシスター・ジェイコブズ、小児科の主任看護師です」ラモンは笑顔でティムズ夫妻にジェニファーを紹介した。「さてオリー、もう一度診察台に寝てくれるかな。これから、君の具合が悪くなった理由を調べる検査をするんだ。痛くはないけれど、検査の間はじっとして絶対に動かないでほしい」

「うん、わかった」オリーは大真面目に答えた。

「これは腰椎穿刺と言って――」ラモンはオリーのTシャツの裾をまくった。「椎骨の隙間から細い針を刺し、髄膜内の髄液を採取します。ギラン・バレーに罹ると、髄液のタンパク質レベルが正常値より高くなるので、それを調べます」

「背中がちょっと冷たいわよ」ジェニファーはオリーに声をかけながら、針を刺す周囲を消毒した。

「さあ、今から絶対に動かないで」ラモンはまず、痛みを感じないよう麻酔薬を注射した。それから髄液を採取し、容器に蓋をしてジェニファーに渡した。彼女はすでにラベルに記入をすませていた。

「今すぐ検査室に持っていきます」

「ありがとう」ラモンはオリーが起き上がるのに手を貸した。「よく頑張ったね、オリー。これはご褒美だ」ラモンは恐竜のシールをオリーに渡した。

「ママ、見て！」オリーはかすれた声で言った。

「EMGのお手伝いも必要ですか？」ジェニファーが訊ねた。

ラモンは首を横にふった。「それには及ばない」

「EMGとは何です？」ミスター・ティムズが訊ねた。

「筋電図《エレクトロマイオウグラム》の略です。神経が信号をどう伝えているか、筋肉に細い針を刺して、神経活動を記録するものです」ラモンはオリーにウィンクして見せた。

「少しも痛くないからね」ラモンは機械をセットし、オリーを座らせた。「さて、天井にある惑星を見てごらん。名前を知っている星はあるかな？」

オリーが星に気を取られている間にラモンは針を刺した。ありがたいことに、オリーは気がつきもしなかった。

二十分後、検査が終わった。「やはりギラン・バレーのようなので、ICUに連絡を取ります。受け入れ体勢が整うまでしばらくお待ちください」

ミスター・ティムズはうなずいた。「オリーは治るんですよね？」

「最善を尽くします」ラモンは約束した。「これからの数週間が大変だと思いますが、多くの患者は何の問題もなく回復していますよ」ティムズ一家が診察室を出ていくと、ラモンはため息を吐いて、ＩＣＵに内線電話をかけた。「ミッチか？　そうだ。君に託したい患者がいる。まず間違いなくＧＢＳだ。髄液の分析結果待ちだが、ＥＭＧは思わしくなかった。現時点で肺活量は一・五リットルを越えているが、これから落ちていくと思う。わかった。またあとで」

ラモンは受話器を戻すと、もう一度ため息を吐いた。子どもたちの病気を診断し、適切な治療を施すことはできる。けれどジェニファーに関しては、何をどうしたらいいのかわからない。一つだけたしかなのは、ただの同僚以上の存在になりたいということだ。どれほど大変でも、何とか彼女を説きふせて、もう一度チャンスをもらうつもりだった。

7

二日後は非番だったので、ジェニファーは庭で花壇の手入れをしていた。スパイダーは茂みの向こうで、想像上の鼠《ねずみ》に忍び寄っている。スケッチしたい誘惑に駆られたが、画材を取ってくる間に猫は遊びをやめ、日向《ひなた》で丸くなってしまうかもしれない。

ジェニファーは微笑《ほほえ》み、草むしりを続けた。

ふと気づくと、誰かの影が自分の上に落ちていた。大柄な男性の影だ。ジェニファーは悲鳴をあげてうずくまり、スパイダーも飼い主の横で縮こまった。

「君を驚かせるつもりはなかったんだ」見上げると、ラモンが謝るように両手を広げていた。

ジェニファーは彼を睨《にら》みつけた。「ここで何をしているの？」

「君に会いに来たんだ。呼び鈴を鳴らしても返事がなくて、庭のゲートが開いているのが見えたから」

ジェニファーは立ち上がった。「どうやって私の住所を知ったの？」

さすがにラモンも気まずげな顔を見せた。「その……ちょっと頼みを聞いてもらった」

「でしょうね」人事課の誰かに頼んだに違いない。ラモンはため息を吐《つ》いた。「言い争いはしたくない。とにかく君に会いたかったんだ」

「今さら話すことは何もないわ、ラモン」

「僕はそうは思わない」ラモンは咳払《せきばら》いをすると、背後に隠していたものを出した。

真っ赤なカーネーションの大きな花束だった。

「スペインの国花なんだ。気に入ってもらえたらと思ったが、この庭を見てしまったら……」ラモンは庭じゅうに咲き乱れる花を身ぶりで示した。青いデルフィニウム、ピンクのジギタリス、薄紫のスイートピーにラベンダー、白いウツギ。スイカズラがフェンスを這《は》い上り、勝手口には深紅のバラ。「すばらしいの一言だ。この庭は全部、君が？」

ジェニファーはうなずいた。「前の住人は庭仕事が嫌いだったのか、草がまばらに生えているだけだったわ」だから嬉々《きき》として花壇を作り、花を植え、芝生の種を蒔《ま》き直し、庭の手入れをしてきた。

「とても美しい《エス・ムイ・ボニータ》。まるで天国にいるようだ」

それこそジェニファーの目指しているものだった。花が咲き乱れ、蜂や蝶《ちょう》が集う楽園。スパイダーを膝にのせ、昼下がりに読書を楽しめる場所。花の香りと鳥の声を満喫しながら、水彩画を描ける場所。

訪問者はいったい誰かと、足もとからスパイダーが顔をのぞかせた。

「やあ、子猫ちゃん《オラ・ガティート》」ラモンはしゃがんで片手を猫に差し出した。「君の飼い猫かい？」

「この子は――」男性が嫌いなのだと言いかけて、ジェニファーは驚きに目を見張った。スパイダーがラモンの手の匂いを嗅いだあと、おとなしく頭を撫《な》でられていたからだ。

「どうしたんだ？」

「スパイダーは大人の男性が苦手なの。子猫のころにひどい目に遭わされたせいじゃないかと、保護センターの人は言っていたわ」

「子猫《ガティート》ちゃん、心配はいらない《ノ・パサ・ナーダ》」ラモンは猫を撫で続けた。「男がみんな悪いやつとは限らない。僕は君を傷つけたりはしないよ」

喉が締めつけられて苦しかった。ラモンが話しかけているのは猫だろうか？　それとも私？

さらに驚いたことに、スパイダーはラモンに体をこすりつけ、抱き上げられてもされるがままだった。

「あなたは猫が好きなのね」

ラモンがうなずいた。「動物は大好きだよ。実家にも猫が三匹と犬が一匹いる。それにしてもスパイダーとは、猫には珍しい名前だね」

「スパイダーマンを縮めたの。壁を登るのが上手《うま》いから」そう言ってジェニファーは苦笑した。「この子は夜中の三時に私の部屋の窓を叩《たた》いて、中に入れてくれと騒ぐのよ」

「猫用のドアはないのかい？」

「もちろんあるわ。昼間はちゃんとそこを使うくせに、夜中に鼠狩りに出かけたときは、トレリスをよじ登って帰ってくるほうが好きみたい」

ラモンの視線がコテージの二階に向けられるのを見て、ジェニファーは失言に気がついた。彼女の寝室がどこにあるか教えたようなものだ。

「なるほど」

意味ありげに微笑まれて、ジェニファーは気まずさとともに切望を覚えた。「なぜ会いに来たの？」

「四六時中、君のことしか考えられないからさ」

「ラモン――」

「君が誰とも交際したくないのはわかっている。亡くなったご主人を悼んでいるのも知っている」

ジェニファーは凍りついた。「夫のことで何を聞いたの？」

「君が若いころに亡くなった、ということだけ」

ジェニファーはてのひらに爪を食い込ませた。

「私の過去を詮索したのね？」

「違うよ。初めて出勤したとき、病棟にどんなスタッフがいるか訊《たず》ねたら、そう教えてくれた人がいただけだ。君のことを嗅ぎ回ったわけじゃない」

「そうだったのね。疑ってごめんなさい」

「子猫《ガティート》ちゃん、どう言ったら僕の思いが君の飼い主に伝わるかな？」ラモンはスパイダーに話しかけた。「どうやったら、僕は彼女を傷つけたいのではなく、慈しみたいのだとわかってもらえるかな？」

結婚式の記憶がよみがえった。〝互いに愛し、敬い、慈しむ〟。たしかに式場はジェニファーが憧れていた小さな田舎の教会ではなく、物々しい登記役場だったし、参列者もほとんどいなかった。でもアンドリューははっきりとこの言葉を口にしたのだ。

きっとアンドリューにとっての愛や尊敬や慈しみは、他の人とは意味が違っていたのだろう。

「こんな気持ちは初めてで、どうしたらいいかわからないんだ」ラモンはまだ猫に話しかけていた。「彼女が部屋に入ってくれれば、背中を向けていてもわかるし、ふれ合った肌の柔らかさも、乱れた髪も忘れられない。情熱が高まると彼女の瞳が濃いブルーに――」ラモンは言葉を切り、苦笑した。「これ以上はやめておこう、子猫《ガティート》ちゃん。黒猫の君が赤面して、オレンジ猫になってしまっては困る」

ジェニファーの頬もじわじわと赤く染まりつつあった。「この話はしたくないわ、ラモン」

「だから僕はスパイダーと話しているんだ」

ジェニファーはラモンを睨みつけた。

「頼むから聞いてくれ。僕は君のせいで頭がどうにかなりそうなんだ。君は一夜きりの相手なんかじゃないし、僕も美女を見さかいなくベッドに連れ込む男じゃない」

さすがにこれは嘘《うそ》だろう。自分が美人でないことは自覚している。「私は平凡な女よ」

ラモンはしげしげと彼女を見つめた。「違うよ、かわいい人《カリーナ》。君は美しい骨格を持っている。孫ができる歳《とし》になっても、君はきっと美人のままだ」

胸がきゅっとよじれた。子どもも持てないのに、まして孫が持てるはずがない。

「僕は何か変なことを言ったかな？」

「どうして？」

「君の目がグレイに曇った。悲しくなったしるしだ」ラモンはスパイダーを撫でた。

スパイダーが喉を鳴らし始めた。

「子猫ちゃん《ガティート》、君に頼みがある。花束が萎《しお》れる前に花瓶に生けてほしいと彼女に言ってくれ」

「スパイダーを下ろしてやってくれない？」

ラモンは猫の頭を撫でた。「嫌だよ。僕たちは仲よくやっているんだから。そうだよな？」

喉を鳴らす声が大きくなった。

ジェニファーは花束を抱え上げた。「ありがとう。とてもきれいね」花の中に顔を埋《うず》めると、エキゾティックで豊かな香りがした。私の顔が赤いのは恥ずかしいからではなく、花の色が映っているせいだと思ってもらえますように。「今すぐ花瓶に……」彼女の声が小さくなって消えた。ラモンを家に招き入れるのは不安だが、飲み物ひとつ勧めないような無作法も働きたくない。「何か飲み物でもいかが？」

「ありがとう。もし手間でなければ」

ジェニファーは彼がついてくるに任せて、勝手口から家に入った。花瓶に水を張り、カーネーションを生ける。それから冷えたミネラルウォーターとグラスを二つ用意した。「スライスレモンとエルダーフラワーのシロップ、どちらを入れるほうがお好みかしら？」

「君と同じものを」

ジェニファーはエルダーフラワー入りを二人分作り、氷を加えた。

ラモンは一口飲んだ。「爽やかな飲み口だな」

キッチンは二人で座れるほど広くなかったので、リビングに案内するほかなかった。相変わらずスパイダーは気持ちよさそうにラモンの肩にのっている。裏切り者。腹立たしいやら羨ましいやらで、ジェニファーは心の中で文句を言った。

「いい部屋だ」淡いグリーンの壁紙とクリーム色のカーテンのリビングを見て、ラモンは言った。「とても落ち着いた雰囲気で、いかにもイギリスらしい」まさにジェニファーと同じだ。


そのいっぽうで、ラモンは写真が一枚も飾られていないことに気づいた。結婚式の写真くらいあってもおかしくないのに。ひょっとしたらジェニファーは、愛した夫の写真を見るのがつらいのだろうか。けれど、他の家族の写真も見当たらない。何もかも整然と片づいた部屋はモデルルームのようで、散かり放題のラモンの部屋とは正反対だった。

この部屋のどこに彼女の心があるのだろう？

ラモンはフレームにおさめられた猫の木炭画に近づいた。「これは君が描いたのかい？」

「ええ」答える声は小さかった。

「とてもよく描けている。そうは思わないかい、子猫《ガティート》ちゃん？」スパイダーが喉を鳴らして答えたので、ラモンは微笑んだ。「この子も同感らしいぞ」彼はちらりとジェニファーに目をやった。「描くのはスパイダーだけ？　それとも他のものも描くのかい？」

「ええ、描くわ。でもそんなに上手くないから」

謙遜している口調には聞こえなかった。どうやらジェニファーは本心から、自分の絵はたいしたことがないと思い込んでいるらしい。いったい誰が彼女の自信をくじいたのだろう？

「ご両親から絵の道には進むなと言われたのか？」

ジェニファーは青ざめた。「何ですって？」

「芸術やデザインで身を立てるには、技量だけでなく運も必要だ。だから夢を追うのではなく現実的な道を選べと、ご両親に言われたのかい？」

返ってきたのは思いもかけない答えだった。「私には親はいないわ」

「すまない」彼はぎこちなく謝った。「ご両親も亡くなっているとは知らなかった」

ジェニファーの顔が仮面のように無表情になった。「母は一人で子どもを育てられなくなって、私が二歳になったときに私を捨てたの」

だから彼女は人と親しくなるのを避けているのか。万一捨てられたときにダメージを受けないように。

「養子になったのか？」ラモンはおそるおそる訊ねた。

ジェニファーは首を横にふった。「私は……とても扱いにくい子どもだったから」理由もわからないまま母がいなくなり、その行方も、戻ってくるかどうかも見当がつかず、ジェニファーは混乱していた。欲しいものは母の温《ぬく》もりだけなのに、それを言葉で説明できないがために、手足をふり回し、噛《か》みついて、近づいてくる大人を拒否した。「里親の世話になったわ」何組もの里親の家を転々とした。「養子が欲しい人は赤ん坊にしか興味がないの。大きい子を引き取ろうなんて思わないのよ」とりわけジェニファーのように、人を拒んだ前科のある子どもは。もう母は帰ってこないと悟ってからは、すっかりおとなしくなったけれど。「まして地味な子どもには誰も見向きもしない」週末になると、養子を求める人々が孤児院にやってきて、自分たちにぴったりの子どもを探していたのを覚えている。かわいい子。快活な子。スポーツが得意な子。頭がよくて自信のある子。間違っても、無口でお絵描きに逃避するジェニファーのような子どもは望まれない。「結局、私は孤児院で大きくなったわ」

なにげなさを装った口調の奥に、自分のルーツを知りたい切望がにじんでいた。「両親を探そうと思ったことは？」

「母は探してみたわ。でもそのときにはもう亡くなっていたの。出生証明書の父親の欄は空白だったし」父は既婚者だったのかもしれない。あるいは、ただ逃げたのかもしれない。でもそれを母に訊《き》く機会は訪れなかった。成人したタイミングで、あるいは母が死んだときに弁護士から手紙が届くこともなかった。ジェニファーが知っているのは、孤児院で聞いた簡潔な説明——母は一人で子どもを育てるのに耐えきれず、育児を放棄したという事実だけだ。

ジェニファーは肩をすくめた。「手がかりが少なすぎて、祖父母とか、父を知っている人を探すのも甲斐《かい》がなさそうで、あきらめたの」

「ご主人は、君の家族を探す手伝いをしてくれなかったのかい？」

「ええ」

ジェニファーの瞳がグレイに曇るのを見て、ラモンは自分に腹が立った。他の男性に目を向けることもできないほど、彼女は夫を愛していたのだ。「すまない。不用意に夫の話題を出すべきではなかった。君につらい思いをさせるつもりはなかった」

「大丈夫。平気よ」

平気なはずがない。なんとかして彼女の笑顔を取り戻し、あの瞳をブルーに輝かせなければ。「他のスケッチも見せてくれないか」

ジェニファーはためらった。

「頼むよ。社交辞令で言っているんじゃない。本当に君の絵を見たいんだ」

ようやく彼女はうなずくと、戸棚の引き出しからスケッチブックを取り出した。「どうぞ」

ラモンは肩にスパイダーをのせたままソファに腰を下ろした。猫の絵が何枚もあった。庭を描いた水彩画が二枚に、蝶のスケッチ。「いい絵だ、ジェニファー。どれもとても上手い」ラモンはスパイダーの耳の間をくすぐった。「それに君は猫の気分も的確に捉えている。夢中で遊んでいるところや――」

そう言いながらスケッチを一枚めくる。「逃げた鼠なんか気にしないふりをしているところ。それから……」ラモンは次のページをめくって言葉を失った。

ピクニックに行った日のラモンを描いた木炭画だった。ラモンは左肘をついて横たわり、右手を目の上にかざしている。リラックスした、いい笑顔だ。

そこには、愛する女性を見つめる男の表情が浮かんでいた。

ラモンは殴られたようなショックを覚えた。たしかにジェニファーには、これまで誰にも感じたことのない気持ちを抱いている。でもこれが愛なのか？

こんなわかりやすい顔をしていたのなら、彼女が僕を遠ざけようとしたのも無理はない。

それでも、ジェニファーは何か思うところがあって、この絵を描いたはずだ。

ラモンが見ているものに気づいて、ジェニファーはぎょっとして目を見開いた。「ごめんなさい。その絵がそこにあるのを忘れていたわ」スケッチを取り戻そうと伸ばされた手を、ラモンは拒んだ。

「君は僕を描いてくれたんだな」

彼は怒っているのかしら？　それとも面白がっている？　気まずさを覚えている？　ラモンの気持ちはわからなかったが、ジェニファー自身は身がすくむ思いを味わっていた。

ラモンはじっとこちらを見つめていた。顔は無表情だが、瞳には琥珀色《こはくいろ》の炎が燃えている。ジェニファーの心臓が激しく打ち始めた。

ラモンは黙って次のページをめくった。ジェニファーの口がからからになった。そこに描かれているのは、ベッドをともにしたあとのラモンの上半身だったからだ。一糸まとわぬ姿で枕にもたれかかり、こちらにおいでとセクシーな笑みを浮かべている。

「教えてくれ、かわいい人《カリーナ》。このスケッチを見た人間は何人もいるのか?」

どうしよう。彼は不愉快なのだ。「いいえ。誰も見ていないわ」

「それはよかった」

〝不愉快〟どころではない。きっと彼は……。

これ以上考えられないうちに、ラモンはスケッチブックを置き、そっとスパイダーを肩から下ろした。

「目を閉じていろ、子猫《ガティート》ちゃん」彼はジェニファーに向き直った。「僕が〝よかった〟と言ったのは、もし誰かがこの絵を見たら、僕があんな格好であんな顔をしたのは誰のせいかばれてしまうと思ったからだ。そうしたら君の評判はがた落ちだ」

ジェニファーは身じろぎもできず立ちつくした。

ラモンは彼女の右手を取り、視線を絡めたまま、指先に一本一本キスしていった。「君は僕を描いてくれた。ベッドをともにした直後の僕を。あれが君にとって意味のあるできごとだったからだろう?」

ジェニファーは動けず、口も利けなかった。パニックで何も考えられない。

そっとラモンに抱き寄せられ、鼻の頭に、続いてまぶたにキスが落とされる。「君がご主人を深く愛していたのはわかっている。でもそれは何年も前のことだ。いつまでも過去に生きることはできない。そろそろ前に進むべきときだ、ジェニファー。心を開いて、新しい愛を見つけるんだ」

ジェニファーはまともに頭が働かず、言葉を発することもできなかった。肌にふれるラモンの唇の感触に、全身の神経が生き生きと息づき始める。清潔で男らしいラモンの香りが鼻先をくすぐる。ラモンの片手は彼女の腰を軽く抱き寄せ、反対の手は顔の輪郭をたどりながら、下唇を撫でていた。

唇を開く以外に何ができただろう？　ラモンが頭を下げてきたとき、気がつくとジェニファーは彼の首に手を回し、自分のほうに引き寄せていた。

キスが終わるとラモンは言った。「言ってくれ。あの一夜は君にとっても意味があるものだったと」命令の形ではあったが、それは懇願だった。

「ええ」

琥珀色の瞳がさらに熱く燃え上がった。次のキスは、より激しく、より情熱的だった。

「もう一度チャンスをくれ、かわいい人《カリーナ》」ラモンは耳もとでささやいた。「君と愛を交わしたい。大きな悦《よろこ》びを分かち合えることを証明してみせよう」

ジェニファーが身を引くと、ラモンの瞳が当惑と苦悩で陰った。けれど彼女がラモンの手を取って歩き出すと、その顔に笑みが浮かんだ。ジェニファーは彼の先に立って階段を上がり、寝室に入った。

「愛しい人《ミ・アモーレ》」ラモンはささやき、再び唇を重ねた。

「カーテンを閉めないと」キスが途切れたタイミングでジェニファーは言った。

ラモンは首を横にふった。「この部屋は庭に面しているから誰にも見られないよ。それに僕は日光をさえぎりたくない。美しい君の体を明るい光のもとで見てみたい」そして反論を封じるように、ジェニファーの唇に指を押し当てた。

ラモンは彼女の服を脱がせながら全身をくまなく愛撫《あいぶ》した。二人とも一糸まとわぬ姿になると、彼はてのひらでジェニファーの体の輪郭をたどった。

「僕にもデッサンの才能があればよかったのに」ラモンはジェニファーを姿見の前に立たせ、自分もすぐ後ろに立って、彼女の平らなお腹《なか》に手をのせた。「そうすればこんな絵が描けるのに」

ラモンの意図はわかった。オリーブ色の肌と白い肌、それに黒髪と金髪は、互いによく映えた。

「君は自分が平凡だと言ったけれど、僕はそうは思わない。君の髪は陽《ひ》を受けた小麦畑で、瞳はまるで空のようだ。嬉《うれ》しいときは夏空のように青く輝き、悲しいときは冬空のようにグレイに曇る」そう言って人差し指で彼女の唇をなぞった。「それに君の口は、今まさに花開こうとするバラのつぼみだ」

思わずジェニファーは唇を開いて、ラモンの指を優しく噛んだ。

琥珀色の目を熱く溶かし、彼は後ろからジェニファーを抱き寄せた。「君が欲しい、愛しい人《ケリーダ》」

答える代わりにジェニファーは彼の顔を撫でた。すぐさまラモンは彼女をくるりとふり向かせ、唇を重ねた。ジェニファーの頭からは日の光も、鳥の歌も消え失《う》せ、ラモンのことだけが残った。

ラモンは彼女を抱き上げ、優しくベッドに寝かせたかと思うと、隣に横たわった。ひんやりした木綿のシーツとは対照的に、彼の肌は熱かった。

「君と僕は……こうなる運命だったんだ」

「でも――」

「〝でも〟はなしだ、ジェニファー」そう言ってラモンは鎖骨のくぼみに舌を走らせた。

ジェニファーは鋭く息をのんだ。「そんなことをされると、何も考えられなくなるわ」

ラモンがにやりと笑って、同じことをくり返したので、ジェニファーはのけぞった。ラモンの舌は胸の谷間をたどり、さらに脚のつけ根へと移動していく。ジェニファーは彼の髪に指を絡めて、もっとしてくれとばかりに引き寄せた。

「言ってくれ、僕が欲しいと」ラモンの息が彼女の肌をくすぐった。

「あなたが欲しいわ」言葉が口からほとばしった。

手と舌による巧みな愛撫で、ジェニファーはさらなる高みへと誘われ、ついに昇りつめた。

全身を震わせるジェニファーをラモンは抱きしめた。「ラモン……」

「今のは君のためだ」ラモンの声がとろけたチョコレートの響きを帯びた。「次は二人で悦びを分かち合おう」ラモンはゆっくりと愛を交わし始め、自分と同じことをしろと――キスにはキスを、愛撫には愛撫を返せと教えた。やがて全身が砕けそうなクライマックスが訪れたとき、ラモンもともに昇りつめた。彼はジェニファーの名を叫び、スペイン語で何か言った。言葉の意味はわからなかったが、翻訳はいらなかった。言われた内容はわかったからだ。

心の底から君が欲しい《テ・デセオ・コン・トダ・ミ・コラソン》。

8

それからの数週間は、ジェニファーの人生で最も幸せな日々だった。二人の関係が噂《うわさ》にならないよう、病院ではあくまで医師と看護師としてふるまったが、勤務外は常にラモンといっしょに過ごした。昼休みにこっそり彼のフラットで逢《あ》い引《び》きしたこともある。そこでの愛の営みは、いつラモンが病院に呼び戻されるかわからないと思うと、いっそう刺激的で情熱に満ちたものになった。

最初ジェニファーは、ラモンもアンドリューのように彼女の生活を支配するのではないかと不安だった。けれどそれは杞憂《きゆう》だった。初めてジェニファーの家に泊まった日の翌朝、ラモンは彼女より先に起きてコーヒーを淹《い》れてくれた。

「大事なのはちょっとした思いやりだから」理由を訊《たず》ねると、ラモンはそう答えた。「それに、僕は君にかしずかれたいとは思わないよ、愛しい人《ミ・アモーレ》」

ラモンのおかげでジェニファーはたくさんの〝初めて〟を経験した。たとえば写真撮影ブースでいっしょに写真を撮った。ラモンはカメラの前で思い切り顔をしかめて彼女を笑わせ、できあがったスナップ写真の二枚を彼女に渡し、残りは自分の札入れに大事にしまった。彼はいろいろなところ――たとえば冷蔵庫の中とか枕の下とかに、ちょっとした置き手紙を残した。バスルームの鏡には、二人のイニシャルとハートマークを描いてくれた。いっしょにブルージョン洞窟へ行き、洞窟探検ツアーに参加して石筍《せきじゅん》や鍾乳石《しょうにゅうせき》を見た。ラモンは記念に、ハート型に彫られたブルージョン鉱石を買ってくれた。

ある夜には星空のもと、芝生の上を裸足《はだし》で踊った。

「君と愛を交わしたい」

ジェニファーはうなずき、彼と手をつないで家の中へ入ろうとした。

ラモンは彼女を引き留めた。「ここでだ」

「ここで？」ジェニファーは驚いた。まさか彼は屋外で――私の庭で愛を交わそうと言うの？

「僕は星空の下で、愛を交わしたい。フクロウの声が聞こえ、花の香りに満ちたこの小さな楽園で」

彼がシャツのボタンを外し始めると、ジェニファーはどきどきして興奮してきた。外でセックスするなんて今まで考えたこともなかった。けれどキスをされ、愛撫《あいぶ》を受けるうち、緊張は解けていった。ジェニファーは目を閉じ、夜のしじまに満ちる音と香りの魔法に身を委ねた。クライマックスを迎えたとき、彼女は目を大きく開いて夜空を見上げていた。

ラモンの派遣期間がいずれ終わるのは二人とも承知していたが、どちらもそのことは口にしなかった。

先々何が起きるかは大事ではなかった。ラモンが言ったとおり、〝明日のことは、明日考えればいい〟のだ。大事なのは今この瞬間を共有し、愛を交わし、いい思い出を積み重ねていくことだ。悪い思い出を忘れ去るために。

ラモンが絵のモデルになってくれた日は、最高の一日だった。ジェニファーは偉そうに指示を出し、彼にあれこれポーズを取らせたが、ラモンは文句一つ口にしなかった。アンドリューは一度もモデルになってくれなかったから、彼のスケッチはどれも記憶を頼りに描いたものだ。でも本当はジェニファーは写生が好きだった。光を受けて輝くラモンの肌、皮膚の下で盛り上がる筋肉、微笑《ほほえ》むとできる目尻のしわ。色っぽいカーブを描く唇、瞳に輝く愛、にじみ出る生きる喜び。ジェニファーはそのすべてを木炭で、鉛筆で、パステルで描きとめた。

そして描き終わった絵を彼に見せた。

「何と言っていいかわからないよ」次々とスケッチをめくりながら、ラモンは言った。

ジェニファーはどきりとした。きっとラモンは絵が気に入らなかったのだ。けれど私を傷つけまいと、こう言ってくれたに違いない。

不安が顔に出ていたのだろう、ラモンは手の甲でジェニファーの頬を撫《な》でて、安心させるような笑みを浮かべた。「僕がコメントに困ったのは、君が褒め言葉を素直に受け取ってくれないからだよ、愛しい人《ミ・アモーレ》。それに、自分が描かれた絵を褒めるのは変な気分だ。でも、どれも本当によく描けている」

ラモンはスケッチの一枚を選び出した。「これをもらってもいいかな？」

「ええ、もちろん」

「一枚の絵は千の言葉に値するというからね。この絵はすべてを語っている」感極まってラモンの声はかすれていた。「君は僕のすべてだ《エレース・トダ・パラ・ミ》。クエリオ・エスタール・コンティーゴ・パラ・シエンプレ」

「ラモン」うなじが熱くなり、動悸《どうき》とともに指が震えるのがわかった。「ミ・アモーレ。テ・キエロ」

ラモンはまじまじと彼女を見つめた。「スペイン語が話せるのか?」

「い……いいえ」動悸が激しくなった。アンドリューのときと同じ失敗をしてしまった。こんな言葉を口走るだけでもまずいのに、ましてスペイン語で言ってしまうなんて。ジェニファーは床を見下ろした。

「その……慣用表現集を調べたの。図書館で」

「僕のためにわざわざ調べてくれたのか?」ラモンが声を詰まらせているので、ジェニファーは顔を上げて、彼と目を合わせた。そこには非難も嘲りも浮かんでいなかった。そこにはただ、驚きと恐れと希望が浮かんでいた。「本心かい?」

簡単なはずの短い言葉が喉につかえた。いったん口にしたら、取り返しのつかない過ちを犯すかもしれないと思うと怖かった。

「君の本当の気持ちなのかい?」

ジェニファーはうなずいた。

「もう一度言ってくれ」

それは命令ではなく懇願だった。「テ・キエロ、ラモン。あなたを愛しているわ」

ラモンの瞳から恐れが消え、深い感動が浮かんだ。

「僕も君を愛している。心の奥底から」


三日後、一人の女性が病棟に現れた。ラモンによく似ていたから、きっと親族だろうとジェニファーは思った。

「ここの主任看護師というのは、あなた?」

ジェニファーはうなずいた。「ジェニファー・ジェイコブズです」

相手はにこりともせず、ジェニファーが差し出した手も取らなかった。「私はアラベラ・モリネッロ。

ドクター・マルティネスの妹よ。二人きりで話がしたいのだけれど」

嫌な悪寒がジェニファーの背筋を這《は》い上がった。

「私のオフィスへどうぞ」オフィスに移動してドアを閉めると、ジェニファーは言った。「コーヒーでもいかが?」

「けっこうよ」ぎりぎり礼を失しない冷たい声が返ってきた。「今朝、兄のフラットに行ったの。家業について相談したいのに、最近の兄ときたら電話にも出ないし、手紙に返事も寄こさないから」アラベラが冷ややかな視線をこちらに投げた。「写真を見て、ようやくその理由がわかったわ」

「写真?」

「あなたたち二人の写真よ。兄の札入れに入っていたわ」

ジェニファーは顔をしかめた。なぜアラベラはラモンの札入れを見たのだろう? どうやらラモンから写真を見せたのではなさそうだ。

「それから、あなたの描いた絵も見たわ」

どの絵か思い出して、ジェニファーは赤面した。彼女が描いたラモンのスケッチのうち、欲しいと言われたあの絵だ。

「ええ、その絵よ。二人は特別な関係なのね?」

感心しないと言いたげな口ぶりだった。あなたにどうこう言われる筋合いはないと言いたい衝動を、ジェニファーはこらえた。相手はラモンの妹なのだ。どんなに好感が持てなくても、せめて礼儀正しくふるまうべきだ。「ええ」

軽蔑するように鼻を鳴らされ、せっかくの立派な決心も消えてなくなった。

「何か問題でも?」ジェニファーは冷ややかに訊ねた。

「それはあなたがソフィアを問題と考えるかどうかしだいよ。イギリスの倫理観はスペインと違うのかもしれないから」

ジェニファーは顔をしかめた。「すみません、いったい何の話かわかりません」

「ソフィア・ビジャヌーバ。ラモンの婚約者よ」

彼の婚約者？　でも初めて愛を交わした夜、ラモンは自分には特別な相手はいないと断言していたはずだ。〝ベッドをともにしても、誰かを裏切ることにはならない〟と。

私は何か誤解していたのだろうか。ひょっとしてラモンの考えでは、婚約者以外に恋人がいても、どちらの女性も裏切ったことにならないのだろうか？　アラベラの口ぶりは、ジェニファーが兄を寝取ったと言わんばかりだ。いや、ラモンはそんな卑劣漢ではないはずだ。最初から彼は、君を傷つけるつもりはないと言っていたのだから……。

ジェニファーは頭がくらくらしてきた。あり得ない。こんなことは絶対にあり得ない。

「ソフィアのことを知らなかったの？」アラベラの声音が少し優しくなった。「気の毒だけれど、ラモンとソフィアは生まれたときからの許嫁《いいなずけ》なの」

あまりの衝撃にジェニファーは言葉もなかった。

「マルティネス家とビジャヌーバ家は、領地が隣り合っていることもあって、古くからのつき合いなの。今は若気のいたりで医者なんかやっている兄も、いずれ見切りをつけて、家長としての役割を果たしにスペインへ帰ってくるはずよ」

「嘘《うそ》よ」思わず言葉が口から飛び出していた。医学をどれほど大事に考えているか、子ども相手の仕事がどれほど好きか、ラモンは話してくれた。その仕事を彼が簡単にあきらめるはずがない。

アラベラが背筋を伸ばし、蔑むようにジェニファーを見下ろした。「マルティネス家の者は、嘘を吐《つ》いたりしないわ」

その口ぶりはアンドリューの口調に――プライド

と怒りの混じった軽蔑の口調にそっくりだった。ついジェニファーは、相手の怒りをなだめる言葉を口にしていた。「何か誤解があったようですね」

「ええ。でも誤解をしたのはあなたよ。ラモンの世界とあなたの世界は相容《あいい》れないのだから」

遅ればせながらジェニファーは、アラベラの身なりがとてもいいことに気がついた。裕福な名家の出だと一目でわかる。思い返せばラモンも、妹ほどあからさまではないものの、いつも上等な服を着ていた。アラベラの言うとおり、ラモンはジェニファーとは正反対の裕福な名家の出身なのだ。たとえラモンが婚約を破棄したとしても、彼女は一族の一員として受け入れてはもらえないだろう。

それに、婚約が破棄されても、今後ラモンを信用できるとは思えない。彼は私と関係を持つことでソフィアを裏切ったのだ。いつかまた別の女性が気に入ったら、簡単に私を裏切るに決まっている。


どうして私はこんなに愚かだったのだろう。

「言いたいことはそれだけよ」

アラベラのまなざしは、軽蔑から哀れみに変わっていた。奇妙なことに、そのほうが胸が痛かった。ジェニファーは昂然《こうぜん》と顔を上げた。「でしたら、私は仕事に戻らせてもらいます」

「残念なお知らせでごめんなさい。でも兄は――」

「ここには派遣で来ただけで、すぐにそちらへ戻るでしょう」ジェニファーは相手の言葉をさえぎった。

「あなたが話の通じる相手でよかったわ」

「さようなら、シニョーラ・モリネッロ。お見送りはしません。ここで失礼します」

昼休みまでは、機械的にではあるが何とか仕事に集中することができた。気分が悪くて、食欲もなかった。無理して食堂でサンドイッチに手を出したが、砂を噛《か》んでいるようでほとんど食べられなかった。

ラモンは婚約していた。私以外の女性と。

ラモンは婚約していて、そのことで嘘を吐いた。同じ言葉が何度も頭の中をぐるぐる回った。ラモンは、アンドリューの死後、私が信頼した最初の男性だったのに。それなのに彼は、最悪の方法で私の信頼を裏切ったのだ。

さらに悪いのは、昼休みが終わるころにはラモンが出勤していることだ。どんな顔で彼に会えばいいのだろう。ラモンが嘘吐きの卑劣漢だとわかり、二人の関係はもう終わりだと思い知らされたのに。私の人生を照らしていた光が、たった一つの事実で消えてしまったのに。

ジェニファーが病棟に戻ると、ラモンは診察中だった。まだ彼と顔を合わせる覚悟ができていなかったので、回診の付き添いはメグに頼んだ。

「どうしたの、JJ、大丈夫?」メグが訊ねた。

「ちょっと頭痛がするだけ。鎮痛剤をのめば治るわ。それに書類を片づけなくちゃいけないの。あなたが書いてくれるなら話は別だけれど?」

案の定、メグは顔をしかめた。「とんでもない。あなたに任せるわ」

何もかも順調で、自分の世界が崩壊していないふりをするのは、驚くほど簡単だった。しかも、職場で泣き崩れずにいるために、必死でラモン以外のことに集中していたおかげで、かなりの量の書類を処理することができた。

やがてドアにノックがあった。ジェニファーの胃がきゅっとよじれた。いよいよだ。深呼吸して、彼女はラモンと対面する覚悟を決めた。

「JJ、ちょっといいですか?」ところがドアを開けて入ってきたのはリジーだった。

ジェニファーはほっとした。「ええ。何の用?」

「ドクター・マルティネスが呼んでいます。救急外来から幼い女の子が回されてきたから、と」

救急外来から患者が回されてきたのなら、ラモンのことで思い悩んでいる暇はない。ラモンだって、患者を前にすれば、医者として非の打ち所のないふるまいをするはずだ。「緊急外来に来た原因は？」

「溺水です」

ジェニファーは立ち上がった。「患者はどこ？」

「ドクターの指示で、三番の病室に入っています」

「溺水に至った状況は聞いている？」病室に向かいながらジェニファーは訊ねた。

「その子が庭で遊んでいるときに、母親が玄関の呼び鈴に応じ、父親が電話に出たため、しばらく大人の目が離れました。子ども用の浅いプールのそばにいたわけでもなかったので、少しの間なら大丈夫だと思ったとか。ところが母親が戻ってきたら、子どもは水の中でうつ伏せに倒れていたそうです」

ほんの数分目を離した隙に、大切なわが子が死んでしまったと思い込んだ親の恐怖が手に取るようにわかった。なぜ呼び鈴や電話に応じたのだろうと、自責の念に駆られたに違いない。

ジェニファーが病室に入ると、ラモンがほっとした顔を見せた。「ミスター・パジェット、ミセス・パジェット、こちらがターニャの看護を担当するシスター・ジェイコブズです」

蒼白《そうはく》のミセス・パジェットは、二度と放さないと言わんばかりに娘の手を握りしめていた。「どうか、どうか、娘を助けてください。お願いします」

「最善を尽くします」ジェニファーは安心させるような笑みを返した。「その前にドクターと話をさせてください。ターニャが救急外来で受けた処置と、これからの看護方針について確認しますので」

「ターニャは救急搬送中に高濃度酸素を投与され、体温も正常範囲に戻っている。ＡＥＤを使う必要はなかった」ラモンが手早く説明した。よかった。少なくとも心停止には至らなかったのだ。「今後はパルスオキシメーターで常時、血中酸素飽和度を測定すると同時に、呼吸のモニターをしてほしい」

ジェニファーはうなずいた。真水が肺に入ると、肺胞の膨らみを保つ働きをしているサーファクタントという物質が破壊され、急性呼吸窮迫症候群《ARDS》が起きることがある。ARDSは、溺れてから数時間後に生じることもある重度の呼吸障害で、命にも関わりかねない。

さらに溺れてから二十四時間は、脳浮腫が起きる危険もある。ターニャが嘔吐《おうと》やけいれんを起こしていないか、注意深く見守らなければいけない。

「これからターニャの爪先に小さな機械をクリップで留めます」ジェニファーはパジェット夫妻に説明を始めた。「痛くはありません。機械から出る赤い光が、血液中の酸素レベルを計ってくれます。それ以外にも脈拍と呼吸を常にモニターします」

「もう二度と娘から目を離しません」ミセス・パジェットはそう言って、夫を睨《にら》みつけた。

「事故は起きるものです」ラモンが言った。「お互いを責めてもターニャのためにはなりません。娘さんに必要なのは、ご両親の励ましと愛情です」

ミセス・パジェットは顔を赤らめた。「すみません。娘が亡くなっていたらと思うと……」

「今ターニャが生きていることを、第一に考えてください」ジェニファーがミセス・パジェットの腕にそっとふれた。「私の勤務中はこまめにターニャの様子を見に来ます。もし心配なことがあれば、遠慮なく訊ねてください」

「ありがとうございます」

ジェニファーは最初の経過観察を行い、カルテに記録した。ラモンはすでに部屋を出ていたので、別の患者のところに行っていますようにと祈った。

ところが病室を出たとたん、ラモンと正面衝突してしまった。

9

「大丈夫かい？」ラモンが訊《たず》ねた。

「もちろんよ」ジェニファーは嘘《うそ》を吐《つ》いた。

「頭痛がしているとメグから聞いたが」

「鎮痛薬をのんだから大丈夫」

ラモンは声をひそめた。「夕食を作らなくていいように、何かテイクアウトを買って帰ろうか？」

「けっこうよ」以前なら彼女のコテージに〝帰る〟と言われたら嬉《うれ》しかっただろうが、今はつらいだけだった。ラモンが自分のフラットよりコテージで過ごす時間が多かったと思うとなおさらだ。でも、それも終わりだ。今ここできっぱりとけりをつけよう。

ラモンは顔をしかめた。「何かあったのかい？」実にそらぞらしく聞こえた。でも仕方がない。彼はまだ、私がアラベラから真実を告げられたことを知らないのだから。地団駄を踏み、ラモンに殴りかかり、声の限りに叫びたかった。けれど気が晴れるのは一時のことだし、何より騒ぎを起こして病院の噂《うわさ》になっては困る。ジェニファーは感情を押し殺し、冷静にラモンを見つめた。「今日、アラベラ・モリネッロという女性が私を訪ねてきたの」

ラモンはぎくりとした顔になった。「妹に悪気はないんだ。ただ……あの高飛車な態度で、君が不快な思いをしなかったことを祈る」

「彼女はとても率直だったわ」

「何だか含みのある言い方だな」ラモンはちらりと腕時計に目をやった。「僕のシフトが終わったら、散歩をしながら話をしよう」

ラモンが手を伸ばしてきたので、ジェニファーは後じさった。今ここで彼にふれられたら、決意が揺らいでしまう。それだけは絶対に避けたかった。

「心配することはないよ。何もかも大丈夫だ」

その言葉を信じられたらどれほどよかっただろう。けれど真実を知ってしまった今、ラモンとこれまでどおりの関係でいられるとは思えなかった。

「二人きりで話をする必要がある。中庭で会おう。二時間後に」

時間はのろのろと過ぎていった。患者は眠っているか、家族がお見舞いに来ているかで、経過観察はすべて順調だった。その間、ラモンがそばに近づいてこなかったことだけがありがたかった。

ようやく引き継ぎが終わり、中庭へ行くと、ラモンがベンチで待っていた。

腰を下ろすと、またラモンが手を伸ばしてきたので、ジェニファーはその手を避けて後じさった。

「いったいアラベラに何を言われたんだ？」

「あなたのご実家が裕福だなんて初耳だったわ」

「君だって、そんなことは訊ねなかった」

たしかにそのとおりだ。そもそも二人は家族の話をしてこなかった。ジェニファーが天涯孤独の身の上だと話しただけで。ラモンが家族の話をしないのは、気を遣ってくれているのだとばかり思っていた。

「僕の実家が金持ちだからといって、僕たちには何の関係もないだろう？」

「あなたには家長としての義務があると聞いたわ」

ラモンはぴしゃりと額を叩《たた》いた。「妹が口をはさんでくることは予想してしかるべきだった。でも前にも言ったとおり、僕は医者という仕事を何より大切に考えている。セビージャで開業しないのも、家族から長男の務めを果たせとうるさく言われて、頭がどうにかなりそうだからだ」ラモンは顔をしかめた。「父が亡くなってから、母と妹は僕が家長の座を継ぐべきだと考えている。でも僕は上流階級のおつき合いとやらが大嫌いなんだ。領地の管理なら弟のパブロが立派にやってくれているし、あいつは家長として期待される役割が苦にならない。僕が弟と交替したって、二人とも不幸になるだけだ」

他の事情を知らなければ、ラモンに同情していただろう。でも……。「ソフィア・ビジャヌーバのことは？」ジェニファーは静かに言った。

ラモンはまじまじと彼女を見つめた。「ソフィアがどうした？」

「ソフィアがどうしたですって？」ジェニファーはかっとなって言い返した。「ラモン、あなたは嘘を吐いていたのね。誰とも交際していないと言ったのに、ソフィアという婚約者がいたなんて」

ラモンは信じられないとばかりに首をふった。

「僕たちが分かち合ったものは、君にとっては何の意味もなかったのか？」

質問に質問で答えるつもりなら、こちらも質問で返すまでだ。「ソフィアと婚約しているの？」

「まさか君は僕が――」

「あなたはソフィアと婚約しているの？」ジェニファーは冷ややかな声でくり返した。

ラモンは腕を組んだ。「僕が結婚するつもりなのは、今ここで僕の隣に座っている人、ただ一人だ」

ラモンは私と結婚するつもりだったの？　プロポーズもされていないのに？　あと一週間あまりでスペインへ帰る予定なのに？　しかも彼はまだ肝心の質問に答えていない。「私はイエスかノーの返事が欲しいの。あなたはソフィアと婚約しているの？」

ラモンはたじろいだ。「いろいろ複雑なんだ」

「イエスなの、ノーなの？」

ラモンは足を組み、落ち着かなげに指先で腿を叩き始めた。「便宜的には」

「便宜的？」ジェニファーはまじまじと彼を見た。「便宜的に婚約しているってどういうこと？　婚約はしているか、していないかのどちらかでしょう」

「婚約と言っても、君が思っているものとは違う」

「そうかしら？　派遣期間中、婚約者がいなくて退屈だったあなたは、あとで文句を言いそうにない、地味な看護師を選んで浮気をしたんでしょう？」

「君と僕の関係はそんなものじゃない。それは君だってわかっているはずだ」

「あなたは甘い言葉をささやいて、私をベッドに連れ込んだ。私はまんまと騙《だま》されたのよ」ジェニファーは拳を固く握って立ち上がった。

「それは誤解だ。僕は君を愛している」ラモンも立ち上がり、こちらに手を伸ばしてきた。ジェニファーはその手を思い切り払いのけた。

「私にさわらないで！　あなたは婚約者がいるのに私とベッドをともにした。今後あなたが婚約を解消したとしても、もうあなたを信用することはできないわ。私も同じ目に遭うのは時間の問題だもの」

「僕は君をけっして裏切ったりしない」

「すでに私は裏切られたわ。あなたはソフィアを裏切り、私に嘘を吐いたのよ」

「嘘を吐いたわけじゃない。言わなかっただけだ。その話をしなかったのは……いろいろややこしいからだ」それに、ラモンの口からは明かせない秘密もある。「ジェニファー、僕の話を聞いてくれ」

「嘘吐きのあなたの話を？　何より悪いのは、あなたの妹に哀れみの目で見られたことよ。でもそれも当然ね。私はあなたに丸め込まれた愚か者だもの」

「僕の言い分を聞く気はないというわけか？」

「これ以上、あなたの嘘は聞きたくないわ」

「違う、真実だ」少なくともラモンに語れる範囲の真実だ。「僕とソフィアは幼なじみなんだ。マルティネス家とビジャヌーバ家は、隣人であり友人であり、商売敵でもある。やがて両家の母親が、それぞれの第一子を娶《めあわ》せようと決めた。僕にはよくわからないが、名家同士の縁組みというやつで、誰もがそうするのがいいと思っている。ただし、僕とソフィアは互いに恋愛感情を抱いたことがない」

「それなら、どうしてまだ婚約しているの？」

「婚約を解消するタイミングを見計らっているんだ。ソフィアは今マドリッドに住んでいて、僕は派遣医としてイギリスにいる。そうやって僕たちが別々の人生を送っていることに、少しずつ家族に慣れてもらう作戦だった」

「なぜご家族に本当のことを言わないの？」

なぜなら、それを言う権利はラモンにはないからだ。「家同士の約束ごとをご破算にするのは、簡単ではないんだ」

「私には想像もつかないわ」こわばった声でジェニファーは言った。

「かわいい人《カリーナ》、家族のいない君に当てつけたわけじゃない。とにかく、心配はいらないよ。ちゃんと話し合えば、絶対に解決できるから」

「無理よ。あなたはこんな大事なことを隠していたのよ。まだ他に隠していることがあるでしょう？」

もちろんある。けれど今はソフィアの信頼に背くわけにはいかない。黙っていると約束したのだ。

「君を愛している。それだけでは不十分なのか？」

「全然足りないわ。どうしてあなたを信じられるかしら？　将来あなたが別の人を好きになって、私のことなど忘れてしまわない保証がどこにあるの？」

「君にそんな仕打ちはしない」

「あなたにそれを証明するチャンスはないわよ。あなたとはもう終わりだもの。これっきりよ」ジェニファーは叫んだ。「コテージにあるあなたの私物は、宅配便で送るわ。フラットに私のものが残っていたら捨ててちょうだい」

「ジェニファー、君は怒りのあまり動揺している。少し落ち着いてくれ」

「偉そうに指図しないで！」結局、ラモンもアンドリューと同類だったのだ。

「僕は指図などしていない。二人で協力して、解決していきたいだけだ」

「もうあなたを信頼できないの、ラモン。互いの信頼がなければ、未来もないわ」

胸が引き裂かれそうに痛んだ。けれど今やらないと、将来もっとつらい目に遭うのはわかっている。いつの日かラモンの家族が跡継ぎを望み、ジェニファーの生い立ちを知ったときに。アラベラは、ジェニファーを家族として受け入れられないとはっきり言った。そのいっぽうで、家族を知らずに育ち、家族のいないつらさを身にしみて知っているジェニファーは、ラモンを家族から引き離すような真似《まね》はできなかった。スペインに帰り、家督を引き継ぎ、ソフィアと結婚する――それがラモンの進むべき道だ。

まるでおがくずが詰まったような口から、ジェニファーは言葉を絞り出した。「さようなら」

ジェニファーが涙を流したのは、その夜遅くベッドに入ってからだった。ラモンのいないベッドはひどく広く感じられ、シーツを替えても、まだ彼の匂いが残っている気がした。ラモンの腕の中で、彼の鼓動を聞きながら眠りに落ちた記憶がよみがえる。ラモンがいなくて寂しかった。

でも、ラモンはアンドリューと同類だった。すべてにおいて自分が正しいと信じ、常に自分のやり方を通す人間だった。ジェニファーが結婚していたのは四年間だったが、そのあと、傷ついた心を癒やし、人生を立て直すのに倍以上の年月がかかった。ようやく新しい人生を始められると思った矢先に、まったく同じタイプの男性を選んでしまったのだ。自信満々で、傲慢なスペイン人を。

どれほど心がラモンを恋しがっても、ここは理性に従わなければいけない。すべてはもう終わったのだ。そして、二度と同じ過ちを犯してはいけない。

翌朝ジェニファーは、ひどい頭痛と泣き腫らした目とともに起床した。その日は遅番だったので、鎮痛剤をのみ、水で目蓋を冷やした。スパイダーは、まるで誰かを探すように家じゅうをうろついている。

ジェニファーはため息を吐いた。「スパイダー、もうラモンは来ないわよ。彼は私たちが思っていたような人じゃなかった。だから別れたの」

スパイダーはジェニファーの膝に飛び乗り、体をすり寄せてきた。ジェニファーは柔らかな毛皮を撫《な》でながら、再び涙が流れるにまかせた。

「あと数日でラモンはスペインへ帰るわ。そうなったら、もう彼には会わなくてすむ。大丈夫、私たち一人と一匹で、ちゃんとやっていけるから」

けれど、大丈夫でないことはわかっていた。

ジェニファーが出勤したとき、ラモンは患者の診察中だった。ジェニファーは彼に近づかずにすむよう、看護学生の一人と病棟で経過観察を行った。ターニャは退院できるほどに回復していた。退院許可書にはラモンのサインがあった。彼はさらに、かかりつけ医への手紙と、気をつけるべき兆候を両親に知らせるメモも書いていた。

医師としてはこんなにも優秀で、こんなにも尊敬できる人物なのに。私生活でもこうだったら、どれほどよかったか……。

ラモンは帰るときに、わざわざジェニファーに挨拶しに来たりはしなかった。悲しかったが、ほっとしている自分もいた。もしラモンが少しでも近くに来たら、決心がにぶってしまうだろうから。

「ドクター・マルティネスの任期が金曜までなので、記念品を買うお金を集めているんです」二日後、そう言ってリジーが封筒を持ってきた。

「すっかり忘れていたわ」嘘だ。ラモンがブラッド病院から――そして彼女の人生から去るまであとどのくらいか、ジェニファーは分単位で把握していた。彼女はいくらかのお金を封筒に入れた。

「ありがとう、JJ」リジーが微笑《ほほえ》んだ。「何をプレゼントしたらいいと思います？」

「わからないわ」その返事を聞いてリジーが驚いた顔を見せたので、ジェニファーはたじろいだ。慎重に隠していたつもりだったけれど、私とラモンの関係は病院じゅうにばれていたのだろうか。いや、リジーは気遣いのできる子だ。もし二人の関係を知っていたら、さっきのような質問はしないはずだ。

「すぐには思いつかないわ」ジェニファーは強いて笑みを浮かべた。「ニールに聞いてみたら？　男性の視点から欲しいものを考えてくれるかも」

「そうですね」

リジーはすぐには立ち去らなかった。「まだ何か用があるの？」

「その――顔色が悪いですが、大丈夫ですか？」

再びジェニファーは無理やり笑みを浮かべた。

「心配してくれてありがとう。私なら大丈夫よ」私はただ、失恋の悲しみを癒やしているだけ。

悲しみは癒えるどころではなかったのを、その日の午後に思い知らされた。ミーティングのメモを取っていたつもりが、メモ用紙にはラモンの素描ばかり並んでいたからだ。スパイダーとソファに寝転がり、こっそりトルティーヤ・チップスを食べているラモン。投げキッスするラモン。笑うラモン。

ジェニファーは証拠品を細かくちぎってトイレに流し、その直後にひどい吐き気に襲われた。

困った。今はウイルス性胃腸炎なんかに罹《かか》っている場合ではないのに。

ジェニファーは顔を洗い、歯を磨いて、水を一杯飲んだ。ひょっとしたら感染症ではなく、極限までストレスがたまっているせいかもしれない。休暇が必要だ。ヨークシャーの海辺で数日過ごしてみたらどうだろう。化石を探したり、海水浴をしたりすれば、少しは気持ちが晴れるかもしれない。

でも孤独な休暇だ。ラモンがいっしょなら、波止場でフィッシュアンドチップスを食べたり、手をつないで夕方のビーチを歩いたり、他愛ない怪談を話しながら廃墟《はいきょ》を探検したりできるのに……。

「いい加減にしなさい」ジェニファーは自分を叱りつけた。「考えれば考えるほど、よけいに悲しくなるだけよ。もうあきらめなさい」

それから二日間、二人は互いにできるだけ近づかないようにしつつ、患者や他のスタッフの前では礼儀正しくふるまった。ラモンが何か言いたげに見えたときは、ジェニファーは背を向けた。今さら何をどう謝られても、二人の関係は元に戻らないのだ。

スパイダーがラモンを探し回る空っぽのコテージと、いつどこで彼と出くわすかわからない病院、どちらのほうがつらいか、自分でもわからなかった。

「すぐに乗り越えられるわ」ジェニファーは自分を励ました。「アンドリューのときも立ち直れたんだもの。今回だって大丈夫」

けれど、自分の耳にもその言葉は虚《うつ》ろに聞こえた。体調も悪かった。きちんと眠れないせいか疲れが取れず、ストレスによる吐き気を常に感じていた。

「仕事に集中しなさい」そう自分に言い聞かせる。幸い今朝は、一般医から回されてきた患者の問診の担当だったので、ラモンと病棟を回らずにすんだ。

四人目の患者を見たとき、頭の中で警報が鳴り始めた。ケビン・マイヤーズは、ジェニファーが母親と話をしている間も、何だかしんどそうだった。

「最初は頭痛と喉の痛みを訴えていたので、ただの風邪だろうと思いました」ミセス・マイヤーズが言った。「次に足に赤い斑点が出たので、てっきり水虫かと思ったら、そうではないとお医者さんに指摘され、こちらを受診することになりました」

「水虫は水疱《すいほう》ができることが多く、ものすごく痒《かゆ》いのですぐにわかります。ケビン、靴下を脱いで、赤くなったところを見せてくれる？」

ケビンはため息を吐いて靴下を脱いだ。直径五センチほどの紅斑が現れた。縁のほうが赤みが強く、中心は色が薄い。どう考えても水虫ではない。むしろマダニが媒介するライム病に近い気がする。ただし、ライム病はこのあたりでは珍しく、もっと南部の地域に多い病気だ。

「次はスエットパンツの裾を、膝の上までまくってもらえるかしら？」

半ば恐れていたとおり、ケビンの膝の関節はわずかに腫れて赤くなっていた。

「この二カ月の間に、どこかに旅行しましたか？」

「いいえ。でもケビンは遠足でニューフォレストに行きました」

マダニの多いイングランド南部だ。「いつ？」

「一カ月以上前です」

ジェニファーはうなずいた。「ケビン、遠足で虫に刺されたりしなかったかしら？」

少年は肩をすくめた。「わかんない」

他の虫刺されと違って、マダニは刺されても痛みも痒みも感じない。「血液検査をしないと断言はできませんが、ケビンはマダニに刺されたことが原因で、ライム病に罹っている可能性があります」

「重い病気なんですか？」

「治療しなければ重症化しますが、抗生物質で治ります」ジェニファーはケビンの血液を採取してラベルを貼った。「結果が出るまでお待ちください」

「ありがとうございます」

程なくジェニファーは検査結果を手に、病棟へニールを探しに行った。ところがニールは休憩で席を外していた。「でもドクター・マルティネスならここにいますよ」リジーが言った。

「僕に何か用かい、リジー？」

「私ではなくてＪＪが先生にご用だそうです」

ジェニファーは努めてゆっくり息を吐いた。今日は運が味方してくれなかったようだ。でも私たちはプロの医療従事者なのだから、私情より患者が優先だ。「問診に来た十歳児の患者ですが、足に紅斑があり、さらに関節の腫れ、頭痛、倦怠感《けんたいかん》などの症状が見られます。虫に刺された覚えはないそうですが、一カ月以上前にニューフォレストへ行っています」

「マダニによるライム病だと？」

「白血球数も多く、赤血球沈降速度も基準値を超えています」ジェニファーは検査結果を彼に渡した。

「ほぼ間違いないな」

「抗生物質を処方してもらえますか」

「もちろん。患者は問診用の診察室にいるのか？」

ジェニファーはうなずいた。

「それなら僕もいっしょに行こう」

二人は気まずい沈黙のうちに廊下を歩いていった。診察室に着くと、ジェニファーはラモンをマイヤーズ母子に紹介した。

ラモンは自分の目で紅斑を確かめ、うなずいた。

「やはりライム病ですね。これはマダニが媒介するスピロヘータという細菌に感染して起きる病気です。ところでケビンはペニシリンにアレルギーがありますか？」

「本人は違いますが、この子の父親がそうです」

「念のため、ペニシリン以外の抗生物質を処方しましょう」ラモンはそう言って処方箋を書いた。「これから二週間、この薬を一日三回のませてください。症状がおさまっても、最後までのみきるように」

ミセス・マイヤーズはうなずいた。

「関節が腫れていると聞いたので、イブプロフェンも処方しておきます。症状がよくならないようなら、もう一度かかりつけ医に診てもらってください」

「ありがとうございます」

「さてケビン、またライム病に罹らないためには、マダニに刺されないようにするしかないんだ。アウトドア活動をするときは、長ズボンの裾を靴下に入れ、靴と靴下に虫除《むしよ》けスプレーを使うといい」

ラモンがまだ話している間に、ジェニファーはそっと診察室から抜け出した。ありがたいことに、問診を待っている患者がまだいるおかげで、ラモンと二人きりにならずにすむ。つまり、抱きしめてくれとすがりたい衝動に駆られずにすむ。何とかあと数日、持ちこたえるしかない……。

ラモンが病棟を去る日は、耐えきれないくらいつらかった。ジェニファーは寄せ書きに〝これからの幸運を祈ります〟とだけ書き、記念品のブリーフケースとワインがラモンに渡されるときは、後ろの目立たないところに立っていた。

こうしてラモンは病院から、そしてジェニファーの人生から歩み去った。今ごろは、いつも歓迎会や送別会をするバーで、みんなに飲み物をおごっていることだろう。でもジェニファーはパーティに行く気になれず、仕事が終わるとまっすぐ自宅に向かった。つらい帰路だった。カーラジオをつけたとたん、《消えゆく太陽《エイント・ノー・サンシャイン》》が流れ出し、身につまされる歌詞が胸に刺さった。チャンネルを変えてみたが、どのポップ番組も失恋の歌を流しているように思えた。クラシックの局はどうかといえば、コンサートでいっしょに聴いた室内楽や、初めて愛を交わした日に彼が弾いてくれたギターの曲など、ラモンを思い出させる曲ばかりだった。

あのころは、いい思い出が悪い思い出を一掃してくれると信じていた。まさか、いい思い出でここまで悲しみが募るなんて思いもしなかった。

ラモンは腕時計に目をやった。そろそろジェニファーが来てもおかしくない。彼女のシフトは三十分前に終わっている。それとも、病棟で何か緊急事態が起きて、手が離せないのだろうか。

ラモンは送別会を中座して店の外に出ると、小児科の直通番号にかけてみた。

「こちら小児科、シスター・モランです」

ラモンの心は沈んだ。サリー・モランは無類の噂好きだ。言葉に気をつけないとジェニファーがゴシップの餌食になってしまう。「やあサリー、ラモンだ。君たちが送別会に来られなくて残念だよ。置き土産のタパスはどうだったかな」

「美味《おい》しかったわ。夜勤スタッフにまで気を遣ってくれてどうもありがとう」

「どういたしまして《デ・ナーダ》」ラモンは言葉を切った。「遅番が終わったあとでぐずぐずしている人間がいたら、酒がなくなるから早く来いと伝えてくれ」

「もうみんな、そっちに行っているはずよ」

「そうか。どうもありがとう」

ラモンは電話を切った。ジェニファーには送別会に来るだけの分別があると思っていたのに。病棟の主任看護師として出席してしかるべきなのに。でも彼女は来ないことを選んだのだ。

ラモンはいらだたしげに首をふった。プライドのせいで愛する女性を遠ざけてしまうくらいなら、そんなものはないほうがいい。彼はジェニファーの自宅に電話をかけた。呼び出し音が三回鳴ったところで、留守番電話に切り替わった。〝ただいま電話に出られません。ピーという音のあとでメッセージを残してください〟

「ジェニファー、愛しい人《ミ・アモーレ》、そこで聞いているなら、電話に出てくれ」

ラモンは待った。何の反応もなかった。

「これを聞いたら僕に電話をくれ」ラモンは深呼吸して、プライドを脇へ押しやった。「君がいなくて寂しいよ。送別会に出席したくない気持ちもわかる。でも君がいないのがつらい。ずっと僕は……」ラモンはため息を吐いた。「明日の朝、僕はスペインへ発《た》つ」彼は飛行機の便名と出発時間を告げた。「せめて明日は空港に来てくれないか。最後にもう一度、君を抱きしめてから帰国したい」そもそも帰国なんてしたくないが、スペインで片づけなければいけない用事がある。「僕は――」ピーという音が鳴り、ラモンは毒づいた。どうして留守番電話は、メッセージを最後まで言うだけの時間をくれないのだろう。

「君を愛している《テ・キエロ》、ジェニファー。いつまでも《シエンプレ》」ラモンは静寂の中でつぶやいた。


帰宅したジェニファーは、わざわざ留守番電話をチェックしたりしなかった。メッセージが残っているとは思いもしなかったし、まずはゆっくりお風呂に入りたかったからだ。

翌朝になって点滅するランプに気づいたジェニファーはメッセージを再生し、ラモンの声が聞こえてきたとたん、息が止まるかと思った。

彼は見送りに来てほしがっている。ジェニファーは時計に目をやった。今すぐ家を出れば、ぎりぎり間に合うだろう。行けば、ラモンの胸に飛び込むことができる。

でも、猜疑心《さいぎしん》が常について回り、何かにつけラモンへの疑念に心をさいなまれることになるだろう。どれほど彼を愛していても、それだけでは足りない。信頼が必要だ。疑念や恐怖、そして嫉妬が、愛をむしばんでしまう。かつてと同じ経験はもう二度としたくない。

涙をこらえながら、ジェニファーは録音メッセージを消去した。

「スペイン行きの最終案内です。ご搭乗のお客様は――」

ラモンは出発ロビーを必死で見渡した。ジェニファーの姿はどこにも見えなかったし、チェックインカウンターにも伝言は残されていなかった。彼女は留守番電話を聞かなかったか……それとも……。

ラモンは搭乗口に向かい、手続きをすませた。最悪の事実を思い知らされて、胸が張り裂けそうだった。ジェニファーは僕のことなど、さほど愛していなかったのだ。僕はこれからの人生、その事実を噛《か》みしめながら、生きていかなければいけない。

10

惨めな三週間がのろのろと過ぎていった。ラモンはもういないとわかっていても、ふと気づくとジェニファーは彼の声が聞こえないかと耳を澄ましていた。相変わらず不眠ぎみで、倦怠感《けんたいかん》と吐き気も続いていた。けれどある朝、メグが淹《い》れてくれたコーヒーに口をつけられず、生理が遅れていることに気づいて不安になった。

まさか妊娠しているはずがない。私たちは必ず避妊具を使った。夜の庭で愛を交わしたときでさえ。

とはいえ百パーセント確実な避妊法は、禁欲に徹することだ。でも私たちはどれほど情熱を交わしても足りるということがなかった。

ジェニファーはパニックをこらえ、その日の仕事を終えると、家に帰る道中で妊娠検査キットを買った。そして帰宅するなりキットを使い、震える手で検査スティックを握って、判定窓を見つめた。

一つめの窓に青い線が現れた。検査が終了したしるしだ。「どうか陰性でありますように」ジェニファーは必死で唱えながら、二つめの窓を凝視した。けれど、そこに淡い青い線が現れ、おののくジェニファーの前で、徐々に色を濃くしていった。

私は妊娠している。ラモンの子を身ごもったのだ。

ジェニファーは検査スティックを取り落とし、その場でひどい吐き気に襲われた。

一時間後、顔を洗い、グラス一杯の水とわずかなサンドイッチを胃に入れたジェニファーは、スパイダーをのせた膝を抱えてソファに座っていた。「ああ、子猫《ガティート》ちゃん。これからどうしたらいいの?」

〝もちろん、僕たちは子どもを持つわけにいかないよ〟アンドリューの声が脳裏によみがえった。〝残念だが危険は犯せない。君の家族のことが何もわからないんだからね〟

看護師になるために勉強したとき、遺伝について多くのことを学んだ。だからアンドリューの主張に一理あるのもわかる。ジェニファーはハンチントン病や家族性アルツハイマー病のような、治療不可能な病気の保因者《キャリア》かもしれないのだ。

ジェニファーは深呼吸した。まだパニックになるには早い。検査結果が間違っている可能性もある。

そう思ったとき苦笑が漏れた。最近は家庭用検査キットだって、病院で使うものに劣らず精度が高い。ストレスのせいだとばかり思っていた倦怠感や吐き気も、妊娠初期によく見られる症状だ。私が妊娠しているのは間違いない。問題はいつ妊娠したかだ。

ジェニファーは記憶をたどった。先月も生理がなかったが、ラモンと別れた直後のストレスが原因だと思っていた。その前の生理はいつもよりも軽かった。あれは妊娠ホルモンがきちんと働く前の不正出血だったのかもしれない。つまり私は妊娠八週から十二週ということになる。今ならまだ……。

だめ。中絶はしたくない。たとえ予期せぬ妊娠だったとしても、子どもは産みたい。自分でも驚くほどの強い思いがこみ上げてきた。

ラモンに知らせなければ。子どもを育てていけるだけの稼ぎはあるから、彼に何かしてもらおうとは思わない。でもラモンにも、自分が父親になることを知る権利がある。かかりつけ医に診てもらい、予定日がわかったらラモンに知らせよう。

「この感じだと、妊娠十二週というところかな」バーニー・ピットはジェニファーのお腹《なか》を触って言った。「おめでとう」バーニーは微笑《ほほえ》んだ。

「ありがとうございます。次はどうすれば？」

「まずは予定日をはっきりさせるために、一回めの超音波検査の予約をブラッド病院に入れておこう。次に、妊娠十五週になったら、トリプルマーカー検査を受けるかどうかを考える。妊婦健診は、仕事のついでに立ち寄れる病院の産科と、ここで助産師に診てもらうとの、どちらがいいかね？」

「ここのほうがいいです」

「わかった。では助産師のジルに連絡しておくよ」バーニーはデスクのリーフレットを手渡した。「これを読めば、トリプルマーカー検査のことがおおよそわかるはずだ。あくまでスクリーニング検査だから強制ではなく、受けるかどうかは君しだいだ」

「私は家族の既往歴を知りません。実の親に育てられていないので」

「君は小児科で働いていて、最も重篤な遺伝病の患者を目の当たりにしているだけに、不安もひとしおなのだろう」バーニーは安心させるように微笑んだ。「でも、ほとんどの赤ん坊は健康そのものだ。君の子どもが遺伝性疾患を持つ可能性はとても低い」

彼女はうなずいたが、完全に納得できたわけではなかった。うなじがかっと熱くなり、〝もし万が一〟というささやきが頭の中をぐるぐる回る。小声はやがてアンドリューの声に変わった。〝君の家族にどんな血が流れているか、わからないからな〟

「差し支えなければ、今ここで超音波検査の予約を取っておこう」ジェニファーがうなずくと、バーニーはブラッド病院の産科外来に電話した。「木曜日の朝八時半なら予約枠が空いているそうだ」

ジェニファーはスケジュール帳を確かめた。「その日は遅番なので大丈夫です」

バーニーは予約を取って電話を切った。「いずれジルからも連絡が行くだろうが、それまでに何か不安なことがあれば、いつでも医院に電話してくれ」

「ありがとうございます」自分が患者の立場になるのは妙な気分だった。最後に病気に罹《かか》ったのはいつだっただろう。この医院に来るのも、定期的な子宮頸《けい》がん検診や、ワクチンの追加接種のときくらいだ。

自分が勤める病院の患者になるのは、もっと不思議な気分だった。幸い、産科スタッフに知り合いはいない。彼女は受付をすませ、検査室に入った。

「初めての赤ちゃんですか？」検査技師が訊《たず》ねた。

「ええ」

「赤ちゃんのパパが来られなくて残念でしたね。たいていの男性は大感激するんですよ」

ジェニファーは涙をこらえた。赤ん坊のエコー画像にラモンがどんな反応を見せるか、想像することもできなかった。

ジェニファーはベッドに横たわり、むき出しにしたお腹にジェルを塗ってもらった。検査技師がそこにプローブをのせる。「さあ、始めますよ」

今度はジェニファーも、初めて見るわが子の姿に涙をこらえきれなかった。

技師がティッシュを渡してくれた。「もう何年もこの仕事をやっていますが、小さな命が動いている奇跡は、何度見てもぐっときますね」技師は胎児の頭から臀部《でんぶ》までの長さを測り、頭囲を測った。「まず間違いなく、妊娠十二週半というところです」

「その……どこにも問題はありませんか？」

「ええ。ほら、ここで心臓が動いています」技師がディスプレイを指さした。「腕が二本、脚が二本、これが背骨で、これが肋骨《ろっこつ》です。よければエコー画像をプリントアウトしましょうか？」

「お願いします」

「何枚必要ですか？　パートナーの方以外に、あなたのお母さんに渡す写真とで二枚？」

「一枚だけでいいです」喉に大きな塊がつかえたようで苦しかった。私にはエコー写真を見せるパートナーもいなければ、妊娠期間中、うるさく世話を焼いてくれる母親もいない。母は子どもが欲しかったのか、つわりに苦しんだのか、ジェニファー以外にどんな名前を考えていたのか、今となっては知りようもない。赤ん坊を見て〝あら、この子の鼻はお祖父《じい》ちゃん譲りね〟などと言ってくれる人もいない。

「どうかしましたか？」技師が訊ねた。

「ちょっと感傷的になっただけです」ジェニファーは手の甲で涙を拭った。

「リラックスして妊娠期間を楽しんでくださいね」技師はウインクして見せた。「のんびり横になって、パートナーにかしずいてもらえばいいんです」

ジェニファーは当たり障りのない答えを返した。ラモンが私にかしずいてくれることなどない。今は国外にいるのだし、そもそも私が妊娠したことさえ知らないのだから。

ジェニファーはもらったエコー写真をハンドバッ

グに入れ、ゆっくり歩いて自宅に帰った。妊娠が確定し、予定日もわかった以上、ラモンに伝えなければいけない。問題は、どうやって彼と連絡を取るかだ。わかっているのは、彼の実家がセビージャの近くということだけ。正確な住所がわからなければ電話番号案内サービスは使えないし、そもそも彼の番号が電話帳に載っているかどうかもわからない。

ジェニファーはつらつら考えた挙げ句、再び病院に戻り、人事課に向かった。

「申し訳ありませんが、個人情報はお教えできません」

「とても大切なことを彼に知らせなければいけないんです。私が書いた手紙を代わりに送っていただくことはできますか？　それなら個人情報を漏らしたことにはなりませんよね？　お願いします」

せっぱ詰まった口調から何かが伝わったのか、窓口の係員はため息を吐《つ》いた。「いいでしょう」

「明日の朝、手紙を持ってきます」

ジェニファーはそのまま少し早めに出勤したが、誰も何も言わなかった。休憩時間にコーヒーを出されたときは、〝カフェイン断ちをしているから〟という理由でごまかした。そうして、何の問題もなくその日の仕事が進んでいった。

ナイツ夫妻が息子を連れてくるまでは。口蓋裂の手術を受けたスティーブンは元気に回復していた。

「たまたま今日は言語訓練の日だったので、息子を見てもらおうと思って」マンディが言った。

「経過はいかがです？」

「信じられないくらい順調です」ポールが答えた。

「ドクター・マルティネスは？」マンディが訊ねた。

「申し訳ありません。彼はもうこの病院にはいないんです」千々に乱れる胸のうちとはうらはらに、驚くほど落ち着いた声が出せた。

「それは残念だわ」そう言って一度は曇ったマンデ

ィの顔がぱっと輝いた。「これをお知らせしなくっちゃ。私たち、次の子どもを授かったんです」

「おめでとうございます」機械的に答えたものの、泣きたい気持ちだった。私も妊娠しているのに、誰にもおめでとうとは言ってもらえない。妊娠が知られれば、馬鹿な女だとみんなに噂《うわさ》されるだけだ。

「ドクターにあやかって、男の子ならマーティン、女の子ならマーティーナと名づけるつもりなの」

「自分にちなんで赤ちゃんが名づけられたと知れば、彼も大喜びすると思いますよ」

それなのに、彼自身に子どもができたと知ったとき、ラモンが喜ぶかどうかは見当もつかなかった。

その夜ジェニファーは手紙を書き、翌朝、出勤前に人事課の係員に渡した。そして返事を待った。ひたすら待った。

最初は、返事が来ないのは国際郵便は国内郵便よりも日数がかかるからだと思った。

次に、そもそもこちらの手紙が発送されなかったのではと疑った。さりげなく探りを入れた結果、係員は当日中に手紙を投函《とうかん》してくれたとわかった。

やがてジェニファーは、ラモンには返事を出すつもりがないのだと気づかざるを得なくなった。

ジェニファーはわずかに膨らみ始めたお腹にそっと手を当てた。「彼がいなくても大丈夫。私が二人分あなたを愛してあげる。私は絶対にあなたの味方よ」どんなせっぱ詰まった事情があって、母が私を捨てたのかわからないが、私は絶対にわが子を同じ目に遭わせたりしない。

ある非番の日、ジェニファーが予備のベッドルームを子ども部屋に変える準備をしていると、電話が鳴った。「こんにちは、ＪＪ。こちらはジルよ」

ジル？　助産師の？「こんにちは」ジェニファーはパニックを起こしそうになるのをこらえた。

「気分はどう？」

「上々よ」けれど、うなじがかっと熱くなる感覚があった。これはひどくまずいことが起きる前兆だ。

「トリプルマーカー検査の結果が出たわ」

「大丈夫だったんでしょう？」口ではそう訊ねたが、何かあったことはわかっていた。何の問題もなければ、わざわざ助産師が電話してきたりはしない。

「嬉《うれ》しいことにダウン症のリスクは低いと出たわ」

ジェニファーの体が震え始めた。「二分脊椎症のほうね？」これは妊娠初期に、脊髄のもとになる神経管が正常に形成されない先天異常だ。

「残念ながら、そちらの結果はよくなかったわ」ジルは優しく言った。「でも、これはあくまでスクリーニング検査よ。必ずあなたの赤ちゃんに問題があると決まったわけじゃない。検査結果が陽性でも、大半の赤ちゃんは健康に生まれてくるわ。だから羊水検査は必ずしも受けなくてもいいのよ」

「でも受けたほうがいいのよね？」

「はっきりした結果が知りたければ、ええ、受けたほうがいいわ」

身ごもってからもう数カ月だ。最近は蝶《ちょう》がかすかにはばたくような感覚をお腹の中で感じることさえある。絶対にこの子を失いたくない。「何があってもこの子は産むわ」

「それはあなたが決めることよ。あなたがどんな決断を下そうと、私はあなたの味方だから」

「ありがとう。羊水検査を受けるわ。でもそれは、事前にはっきり知っておきたいからよ。万一、二分脊椎症だとわかっても中絶はしないわ」

「では検査の予約をしておくわね。日時はあらためて連絡する。当日は私が付き添ったほうがいい？」

「ありがとう。でも私一人で大丈夫よ」

「行きはともかく帰りはどうするの？　検査のあとは二日間、安静にしていなければならないのよ。自分で運転するのはお勧めしないわ。流産の危険もあるし、動揺から注意力散漫になるかもしれない」

「タクシーで帰るわ」

電話を切ったジェニファーは両手に顔を埋《うず》めた。

二分脊椎症。小児科病棟での経験から、症状の重さはさまざまだと知っている。受胎前から妊娠初期にかけて葉酸のサプリメントを摂《と》る女性が増えたことで患者数は減っているが、それでも一万人に三人の割合でこの病気の子どもが生まれている。

最も重篤なケースは脊椎の中にあるはずの脊髄が外に出ている脊髄髄膜瘤《りゆう》で、脚に麻痺《まひ》が出たり、排尿・排便障害が起こる。脳性麻痺の危険も高い。もう少し症状が軽く、脊髄は無傷で髄膜だけが押し出されている場合は、手術することで十分な回復が見込める。最も軽度なのは潜在性二分脊椎症で、背骨がきちんと閉じていないだけで脊髄に損傷がないので、子どもはさほど問題なく生きていける。


今は、なまじ専門知識があるのが恨めしかった。

「あくまでスクリーニング検査よ」ジェニファーは自分に言い聞かせた。「まだ決定的な結果が出たわけじゃないんだから、パニックを起こしてはだめ」

そのとき玄関の呼び鈴が鳴って、ジェニファーはびくりとした。今日は来客の予定はない。

ドアを開けたとたん、ジェニファーは凍りついた。

「あなただったのね」

「そうだ、かわいい人《カリーナ》、僕だ」

会わなかった数週間の間にラモンは痩せていた。目の下に隈《くま》があり、無精髭《ひげ》が生えている。

「中に入れてくれないのかい？」

「何の用なの？」

ラモンは陰気に笑った。「手紙を受け取った」

「それで？」手紙を出したのは何週間も前だ。なぜ今ごろになって来たのだろう。

疑念が顔に出ていたらしく、ラモンの声が和らいだ。「君はセビージャに手紙を送ってくれたが、僕はしばらくセビージャを離れていたんだ」

どこへ行っていたかは教えてくれなかった。

「手紙は転送されなかったから、僕が手紙を受け取ったのは今日の朝だった」

それなら、なぜラモンは今ここにいるのだろう？

「僕はその足で飛行機に乗ったんだ。君に会わなければいけなかったから」ラモンはジェニファーを見て顔をしかめた。「ひどい顔をしているな」

ジェニファーはつんと顔を上げた。「ホルモンが乱れているせいよ」

ぎょっとしたことに、ラモンはお腹の膨らみに手を伸ばしてきた。「僕たちの子どもがここにいるんだな」

「ラモン……」

「戸口でこんな話をしたくない。そもそも話し合う必要はない。することはただ一つだ。結婚しよう」

彼は義務感から私と結婚しようとしているの？

「絶対に嫌よ」

ラモンはいきなりジェニファーを抱き上げると玄関の中に入り、足でドアを閉めた。「今までずっと君のやり方に甘んじてきた。これからは僕のやり方で行く。今日の午後、市役所に行って結婚許可証を発行してもらおう。教会での結婚式がよければ、司祭に頼みに行く。僕はどちらでもいい。でも君は僕と結婚する。それだけは間違いない」

「間違えているのはあなたのほうよ」ジェニファーは不気味なほど低い声で答えた。「私はあなたとも、誰とも結婚しないわ。また人生を乗っ取られるのはまっぴらなの」

信じられないと言いたげに、ラモンは彼女を見つめた。「君は僕の子どもを身ごもっているんだ。当然、僕たちは結婚するべきだ」

「私はもう二度と罠《わな》に囚《とら》われたりはしないわ」

ラモンは顔をしかめた。「どうやら何か大事なことを聞き逃したようだな。罠に囚われるとは、どういうことだ？」

「あんな経験は二度としたくない。元に戻るのに何年もかかったのに。もう絶対に嫌よ」

ラモンはさらに顔をしかめた。「まさか……前の結婚で何かあったのか？」

彼女は虚《うつ》ろな笑い声をあげた。「ええ、そうよ」

「そろそろ、きちんと話をする頃合いだな」ラモンがジェニファーの手首をつかんだ。彼女が抗《あらが》うと、つかむ手に力が加わり、これ以上の先延ばしは許さないと伝えてきた。ジェニファーはそのままリビングの椅子の前まで連れていかれた。「座って。僕は何か飲み物を作ってくる。今度こそ何もかも説明してもらうぞ」

11

ラモンが勝手知ったる様子でキッチンを使う音が聞こえてくる。それも当然だ。彼は三カ月間、ジェニファーと同棲《どうせい》していたも同然なのだから。

「ハーブティーでいいかい？　カモミールとか？」

「カモミールは不味《まず》いから嫌いよ」

ドア口に現れたラモンは、彼女のしかめっ面を見て笑った。「たしかにカモミールは体にいいかもしれないが、味はひどいな。じゃあ何を飲む？」

「水をちょうだい」

「僕はコーヒーを飲んでもいいかな？」

匂いを想像しただけで吐きそうだ。「だめよ」

「わかった。食べたいものはある？」

「あれこれ世話を焼くのはやめて。私は妊娠しているだけよ。病気じゃないわ」

ラモンは〝ホルモンも乱れている〟と言いたげに眉を上げながらも、黙ってキッチンに戻っていった。

やがて水の入ったグラス二つを持ってリビングに戻ると、ジェニファーと並んでソファに腰を下ろした。身をよじって離れようとしたが、手首をつかんで引き留められた。「さあ、話すんだ」彼女が睨《にら》みつけると、ラモンはこうつけ加えた。「まる一日かかってもかまわない。何もかも話してくれ」

「そういうあなたは秘密の婚約者がいるくせに」

「違う。ソフィアは……」ラモンはいらだたしげに髪をかき上げた。「わかった。ソフィアのこともきちんと話すよ。ただし、君の夫の話を全部聞かせてもらってからだ」ジェニファーがいつまでも口を開かないでいると、ラモンは彼女の頬をそっと撫《な》でた。

「胸に溜《た》め込んでおくくらいなら、吐き出してしまったほうがいい」

ジェニファーは大きく息を吸った。「アンドリューと知り合ったのは、私が十八歳になる少し前だったわ。場所は美術展だった。二人で同じ絵を見ているとき、彼のほうから声をかけてきたの。そのあと、いっしょにカフェに行ったのがきっかけで、あっという間に親しくなって、三週間後にはプロポーズされていたわ」当時は、自分を家族として求めてくれる人がいるのが信じられなかった。「彼はかなり年上だったけれど、気にならなかった。私は彼を愛していたし、彼からも愛されていると思っていた」何という思い違いだろう。「私が十八歳になった翌日、私たちは結婚したわ。私の大学入学資格試験の結果が出る直前だった」ジェニファーはごくりと唾をのんだ。「アンドリューは私に、これ以上勉強する必要はないと言ったわ。彼と結婚した以上、養ってもらえるのだから、将来仕事に就く必要もないだろうって。私は美大へ行くのをあきらめ、ミセス・ジェイコブズになることを受け入れた」

ラモンは何も言わなかったが、ずっとジェニファーの手を握り、励ますように指をさすってくれた。

「アンドリューは私が同年代の友人とつき合うのを嫌がった。いずれにせよ、みんなが大学へ行ってしまうと、友だちづき合いもなくなったわ。子どもが欲しいと思ったけれど、彼は乗り気じゃなかった」

「アンドリューは子どもが嫌いだったのかい？」

「そうじゃないわ」ジェニファーは大きく息を吸った。「両親を知らない私が、どんなおかしな遺伝子を持っているかわからないからよ」

「おかしな遺伝子？」低い声でラモンが訊《たず》ねた。

「私が遺伝疾患の保因者《キャリア》かもしれないってことよ。ハンチントン病とか、嚢胞《のうほう》性線維症とか。他にも数えきれないくらい……」彼女の声がかすれた。

「いいかい、ジェニファー。僕たちの赤ん坊なら大丈夫だ。たしかに君が何かのキャリアだったとしたら、リスクがないとは言えない。でもその可能性はごく低いし、さらに片方の親だけがキャリアの場合は、リスクはもっと低くなる。僕の家系に遺伝疾患の者はいないから」ジェニファーの指を握る手に力がこもった。「何も心配はいらない《ノ・テ・プレオクーペス》」

ジェニファーはラモンほど確信が持てなかった。

「それから何があったんだい？　君の夫は、君が友だちとつき合うことにいい顔をせず、君が働くことを許さず、大学で学ぶことも許さなかった」口にこそ出さなかったが、〝君が子どもを持つことも許さなかった〟と続けたいのが伝わってきた。

「アンドリューが私のすべてになったわ。ところが私が二十二歳のとき、彼は仕事中に心臓発作を起こしたの。病院に運ばれたときにはすでに息を引き取っていて、私はさよならを言うチャンスさえなかった。アンドリューがいなくなったら、私の人生には何も残らなかったわ。仕事もなければ、家族もいない。美大に入り直そうかとも思ったけれど、アンドリューの言うとおり、そもそも私には美術で身を立てていけるほどの才能はなかった」

ジェニファーは唇を噛《か》んだ。

「結局、私は抗鬱剤に頼らざるを得なくなったわ。でも私のかかりつけ医は優秀だった。私にカウンセリングを受けるよう勧め、さらに人生に目的ができるように、誰かを助ける仕事に就くようアドバイスしてくれた。私は看護助手として働きだし、小児科に配属された。私自身の子どもを持つことはできなかったけれど……」たとえ他人の子どもでも看病できるのは嬉《うれ》しかった。「二カ月ほど働いたころ、看護師長に呼ばれて、あなたは看護師に向いている、ぜひ看護学校で勉強しなさいと言われた。自信はなかったけれど、何とか資格を取って、以来ずっと看護師をしているわけ」

ラモンが長い間何も言わなかったので、パニックがこみ上げてきた。アンドリューが間違っていたとずっと自分に言い聞かせてきた。でも……ラモンも彼と同じ考えだったとしたら？　結局アンドリューが正しかったのだとしたら？

「まさかそんな事情だったとは」ようやくラモンが口を開いた。「君は一度も夫の話をしなかったし、写真も飾っていなかった。それは、君が夫を深く愛するあまり、喪《うしな》ったものを思い出すのがつらいからだと――これだけ時間が経《た》っても、亡くなった夫を悼んでいるからだとばかり思っていた」

「ある意味ではそのとおりよ。私は、結婚したときの優しい夫を悼んでいるわ」

「それに君は結婚指輪をまだはめている」

「ただの形見よ」ジェニファーはつかまれていた手を引き抜いた。「もう一つ言っておくことがあるの。アンドリューにはスペイン人の血が流れていたわ」

ラモンが目を見開いた。

「だから私は同じ罠《わな》にはまるつもりはないの」

ラモンははっと鋭く息を吐いた。「たしかに僕もスペイン人だが、僕はアンドリューとは違う」

たしかにそうだ。アンドリューなら問答無用で中絶を命じただろう。不意にジェニファーは、アンドリューとの不幸な思い出を勝手にラモンに投影し、彼を正当に判断していないことに気づいた。

「僕は君が好きなことをするのを禁じたりしないし、あれをしろこれをしろと命令したりもしない」

「あら、さっき私が玄関を開けてからずっと、うるさく指図しているくせに」

「それは君が僕を怒らせたからだ」

「とにかく、私に無理強いすることはできないわ」

「僕は無理強いなどしていない。たしかに少し強引だったかもしれないが――」

ラモンの言葉をさえぎって、電話の呼び出し音が響いた。

「出なくていいのかい？」

ジェニファーは首を横にふった。けれど留守番電話に吹き込まれるジルの声を聞いて、出なかったのを後悔した。「JJ、ジルよ。明日の午前十時に羊水検査の予約が取れたわ。ねえ、一人で行きたい気持ちはわかるけれど、やっぱり心配なの。あなたさえよければ九時半に迎えに行くわ。私はちょうど非番だし、特に予定があるわけじゃないから。帰ったら、私の携帯電話に連絡してちょうだい」

ラモンは凍りついたように動きを止めた。「羊水検査？　どういうことだ？」

さすがに医師のラモンにしらを切ることはできなかった。「トリプルマーカー検査で陽性だったの」

「どの項目に引っかかったんだ？」

「二分脊椎症よ」

「僕に言わないつもりだったのか？」

「言うほどのことじゃないもの」

ラモンはいらだたしげに首をふった。「そんなことがあるか。僕の子どもでもあるんだぞ」彼は言いよどんだ。「君は……もう心を決めているのか」

ジェニファーはうなずいた。「結果がどうあれ、子どもは産むつもり。羊水検査を受けるのは、最悪の場合に備えて覚悟をしておきたいからよ。でも、あなたの世話になるつもりはないわ」

「僕が君を見捨てるとでも？　君は僕がそんな見下げ果てた男だと思っているのか？」

「いいえ」同情や義務感から面倒を見てもらってもつらいだけだ。ジェニファーはつんと顎を上げた。「あなたにそばにいてもらいたくないだけよ」

ラモンは短い笑い声をあげた。「それが間違っていることは三十秒で証明できる。このまま君をベッドルームに運べばいいんだからな」

顔がかっと熱くなった。「よくもそんなことを」

「本当のことじゃないか。ちょっと周りを見ればいい。君の庭で、君のベッドで、君のバスルームで、僕たちは愛を交わした。僕たちは惹《ひ》かれ合っているし、相性もいい。僕が君を抱きたくてたまらないのと同じくらい、君も僕に抱かれたいと思っている」

「もう二度と強引な男の言いなりにはならないわ」

「強引に言うことを聞かせるつもりはないよ」

ジェニファーは鼻をふんと鳴らした。「ここに来てからずっとそうしているじゃないの」

「わかった。認めるよ。僕にも強引なところがあった。ただし、それは赤ん坊に関することだけだ。ジルに電話して、送ってもらわなくてよくなったと伝えてくれ。明日は僕が君に付き添おう」

「その必要はないわ」

「もちろんあるさ。僕の子どもでもあるんだぞ。君が好むと好まざるとに関わらず、妊娠・出産で大変な間、僕は全力でサポートするつもりだ」そう言ってラモンはこちらを見た。「ジルに電話するんだ」

「嫌よ」

「それなら僕が電話するまでだ」ラモンは受話器をつかむと、最後に電話をかけてきた相手の番号を呼び出し、通話ボタンを押した。

「もしもし、ジルかい？」ジェニファーが睨んでも、彼は涼しい顔だった。「いや、君と話すのは初めてだ。僕はラモン・マルティネス。ジェニファーの代理で電話をしている。そう、そのジェニファーだ」ラモンは微笑した。「彼女の付き添いを申し出てくれてありがとう。でも僕が行くことになったから大丈夫。ああ、そのとおりだよ」ラモンの笑みが大きくなった。「僕に任せてくれ」

彼が受話器を戻すと、ジェニファーは歯を食いしばって訊ねた。「いったいジルに何を言ったの？」

「彼女の質問に答えただけだ」

「どんな質問？」

「どんな質問だったと思う？」

ラモンが赤ん坊の父親かどうか。そしてジェニファーを支えるつもりはあるかどうか。そういう質問だったに違いない。ジェニファーは顔をしかめた。

「どうしてあなたはいつも質問に質問で返すの？」

ラモンは声をあげて笑った。「そう言う君は？」

「あなたなんか大嫌い」

「君は僕に腹を立てているだけさ」ラモンは腕を組み、ジェニファーを見すえた。「羊水検査を受けたら、その後二日間は、安静のために仕事を休まなければいけない。病欠の連絡は入れたのか？　それとも有休を取るのか？」

「そこまで考えていなかったわ。明日はもともと非番だったし」

「妊娠していることは職場の誰かに伝えたのか？」

「それは――まだよ」

「君はそろそろ妊娠十七週くらいだろう？」

「どうしてわかるの？」

「トリプルマーカー検査は妊娠十五週で受けるものだし、結果が出るまで十日かかる」ラモンはため息を吐《つ》いた。「きつい物言いをしてすまない。君があまりに独立独歩を貫こうとしているので、腹が立ったんだ。でも職場には妊娠を知らせるべきだ。病院にだって、産休中の代替要員を準備する都合がある。それに君には権利がある。妊婦健診を受けるために休んだり、X線のような胎児に危険なものを避けたりする権利が」

「まさか子どもが生まれたら、仕事を辞めろと言うんじゃないでしょうね」

「そんなことは言わないよ。それに、実際に子どもが生まれてみないと、家で赤ん坊の面倒を見たいか、フルタイムで仕事に戻りたいか、妥協してパートタイムで働くことにするか決められないはずだ。ただ、さすがの君も、出産直後はしばらく働けないことくらいはわかるだろう？」

胸が締めつけられて苦しかった。「私なら一人で大丈夫よ。あなたの助けはいらないわ」

「そういうわけにはいかない。君には面倒を見てくれる家族が誰もいないんだから。赤ん坊が僕の子どもである以上、僕も君の家族ということになる」ラモンは妥協を許さない目でこちらを見すえた。「だから僕が君の面倒を見る」

信じられないとばかりにジェニファーは彼を見つめた。「まさか仕事を休むというの？」

「ああ。とりあえず当面の間は」

いったいラモンはどうやって休みを取るつもりなのだろう？　たしかに彼の実家は裕福だから、長期休職しても金銭的な問題はないかもしれない。でも職場は？　好きなだけ休みを取れるほど、ラモンは高い地位にいるのだろうか？　まだ三十五歳そこそこなのに。「そのあたりの事情は話してくれないくせに、私が隠しごとをしたと責めるのね」

「隠していたのは事実じゃないか。なぜ今までアンドリューのことを話してくれなかったんだ？」

「それは……」過去を思い出したくなかったからだ。そしてラモンに哀れみの目で見られたり、軽蔑されたりするのが嫌だったから。

「アンドリューのことはもうとやかく言わないよ。でも羊水検査に関しては、口を出さないわけにはいかない。検査の手順は知っているかい？」

ジェニファーはやれやれと天を仰いだ。「もちろんよ。私は正規の看護師なんだから」

「でも小児科であって、産科ではない」

「そう言うあなたは産科で働いたことがあるの？」

「実はある」ラモンはため息を吐いた。「ジェニファー、意地を張らないでくれ」ラモンは再び彼女のすぐ隣に腰を下ろし、腿の上に彼女を抱き寄せた。

身を離さなければいけないのはわかっていた。けれど再びラモンの腕に包まれるのは、あまりにも心地よかった。心臓の音、温かい肌の感触、清潔で男らしい香り。すべてが懐かしかった。思わずジェニファーは彼にもたれかかってしまった。

「さて、かわいい人《カリーナ》、羊水検査の手順だ。まず超音波で赤ん坊の位置を確認し、羊水を取る針をどこに刺すのが一番安全か確かめる。二十ミリリットルほど羊水を採取したら、そこに含まれる細胞を培養して染色体を調べる。赤ん坊を傷つけることはないし、君が感じるのも予防注射程度の痛みだ。でも、流産のリスクはある。そのリスクを減らすために、検査のあとは安静にすることが肝要だ」

「ジルの話では、最近は横になって休めとまでは言われないそうだけれど」

「これだけははっきり言っておく。僕たちの赤ん坊に危険が及ぶかもしれない行為は、いっさい許さない。明日から三日間、君は家でじっとしているんだ。

ベッドが望ましいが、安静にできるならソファで過ごしてもいい。でも仕事に行くのは絶対にだめだ」

「〝いっさい許さない〟ですって？」高圧的な物言いにジェニファーはかっとなった。

「君が嫌なのもわかる。でも僕がこうしているのは、僕が君の代わりに羊水検査を受けて、痛みや不安を引き受けられないからだ」そう言われてジェニファーは驚いた。「さて問題の三日間、僕はできるだけ整理整頓を心がける。ただ、食事はテイクアウトか、火を通さない料理でがまんしてくれ」

「ちょっと待って。あなたはここに引っ越してくるつもりなの？　それって三日の間だけよね？」

ラモンは肩をすくめた。

まさか彼はずっとここに居座るつもりなのだろうか？　ジェニファーはパニックに襲われた。「引っ越して来られるのは困るわ」

「他にどうしようもないだろう？」

ジェニファーは思い切り顔をしかめた。「あなたなんか大嫌い」

ラモンは彼女の頭のてっぺんにキスを落とした。

「これでも嫌いかい？」

ジェニファーの目に涙があふれた。「嫌いよ」

「僕も君が嫌いだったよ。フライトの案内を聞きながら、空港に来ない君を待っていたときは。最後に一目会いに来ないほど、君は僕が大事ではなかったんだと思いながら飛行機に乗ったときは」

ひどい誤解だった。でもラモンだって、私に真実を教えてくれなかったのだ。「ソフィアの話をしてくれるはずだったわね」

ラモンはうなずいた。「前に話せなかったのは、勝手に彼女の秘密を明かせなかったからだ」

ジェニファーは身をこわばらせた。「今でもソフィアと婚約しているの？」

「いや。ソフィアは僕にとって姉妹のような存在だ。

ホルモンの荒れ狂う思春期でさえ、彼女にキスしようとは思わなかったよ」彼はジェニファーに頬を寄せた。「いっぽう君には、見たとたんにキスしたいと思ったのに」

ジェニファーも今すぐ彼とキスしたかったが、今は何よりも真実が知りたかった。

「両親は僕に、ビジネスの学位を取って、家業を手伝ってほしいと考えていた。でもソフィアは、医者になる夢を追えと僕を励ましてくれた。彼女はフィニッシングスクールへ行っている間に〝不適切〟な相手――つまり金も領地も持たない、身分違いの男性ミゲルと恋に落ちた。彼との結婚を両親が許してくれるはずがないと知っていたソフィアはマドリッドに引っ越し、そこでミゲルと密会を重ねた」

「あなたとの婚約が、それにどう絡んでくるの？」

「ソフィアの両親は、娘が僕と婚約していると思っている限り、娘がマドリッドでどんな暮らしをしているかは詮索しない。僕以外の男と交際するはずがないと信じているからね。僕も婚約しているほうが都合がよかった。医者になろうが、イギリスで医学の研鑽《けんさん》を積もうが、いずれ僕が母国に帰って結婚すると親に思わせておけるから。つまり僕とソフィアは、互いを隠れ蓑《かくみの》として利用していた間柄なんだ」

「ソフィアは私のことを知っているの？」

「もちろんだ。スペインに帰った僕は、真っ先にソフィアに会いに行った。でも僕が婚約を解消して、家族に本当のことを打ち明けようと言う前に、ソフィアのほうからミゲルと結婚すると言ってきた。子ども《ニーニョ》が生まれるのは君だけじゃなかったんだ」

「まさか、彼女も身ごもっているの？」

「もう妊娠六カ月だ。すっかりお腹《なか》も大きくなって幸せそうだったよ。今はシニョーラ・コルベラだ。僕は結婚式の立会人を務め、当然のことながら、子どもの洗礼式にも参列することになっている」

「ということは……」

「本当に僕とソフィアは便宜上の婚約だったんだ」

「彼女のご両親はもうご存知なの？」

「ああ。二人には僕が知らせた。ソフィアとミゲルが新婚旅行に行っている間にね。ソフィアの母親のカーラは怒り狂っていたよ。でも内心は孫ができたことが嬉しかったみたいで、徐々に態度が軟化しつつある。僕の母は――本人は絶対に認めないだろうが――自分にはいない孫がカーラにできたことを、ものすごく羨んでいた。だから僕たちに子どもができたと知ったら、きっと喜ぶはずだ」

「でも、もしも……」ジェニファーは小声で言いかけて、言葉を切った。

　彼女が口にできなかった不安を、ラモンは察した。

「母は赤ちゃんを愛してくれるよ。僕たちの子どもなんだから。でも、はっきりわかるまでは、まだしばらく知らせないほうがいいだろう」

12

「今日は何をする予定だったんだ？」昼食のサンドイッチを食べ、さんざん猫をかわいがってからラモンが訊《たず》ねた。スパイダーは陶然と彼に体をこすりつけて甘えたあと、肩の上の定位置で丸まっている。

「子ども部屋のペンキ塗りよ」

「君は妊婦なのに脚立に登るつもりなのか？　もし足を滑らせて落ちたらどうする？　お腹《なか》の赤ん坊に何かあったら大変だ」

　ラモンにとって赤ん坊の心配が第一で、私は二の次なのだ。「危ないことはしないわよ」

「当たり前だ。君は壁の下半分を塗るといい。上半分は僕が塗る」

ジェニファーは目をぱちくりさせた。「あなたも子ども部屋のペンキを塗るつもりなの？」

「違う。僕たち二人で協力して塗るんだ」

「でも……」それは本物のパートナーがやることだ。彼はもう私の恋人ではないはずなのに。

ラモンは苦笑した。「僕だってペンキくらい塗れるさ。何色を選んだんだい？」

「黄色よ」

「すると僕たちの子どもは、陽光の満ちるような部屋で目を覚ますんだな」

〝僕たちの〟と言うのをやめてくれればいいのに。嫌でもアンドリューを思い出してしまう。〝僕たち〟が〝僕〟に変わるまで、あとどのくらいだろう？

驚いたことに、ラモンと作業するのは苦ではなかった。彼は自分の分担した部分をむらなく塗り上げた。しかも先に塗り終えたからといってジェニファーの仕事を取り上げたりせず、ホットチョコレートを作り、ジェニファーが作業中に必ず休憩を取るよう気を配ってくれた。

ペンキ塗りが終わると、ラモンは刷毛《はけ》を洗い、車から荷物を取ってきてシャワーを浴びた。湯が流れる音が聞こえている間、バスルームで愛を交わした記憶がジェニファーを苛《さいな》んだ。なお悪いことに、髪が濡《ぬ》れたラモンが服を着て風呂から出てくると、彼のフラットで愛を交わしたあと、慌てて病院に戻った記憶までよみがえった。

夕食はデリバリーのピザですませた。

皿洗いを終えたラモンがリビングに来たとき、ジェニファーは決断を下した。

「写真を見たい？」

「写真？」

「赤ちゃんのエコー写真よ」

ラモンの目が輝いた。「ぜひ」

ジェニファーから受け取った写真を、ラモンは食い入るように見つめ、赤ん坊の輪郭をうやうやしい手つきでたどった。声は出ていなかったが、写真に話しかけるように唇が動いているのが見えた。その顔には畏敬の念と誇らしさ、そして名づけようのない何かが浮かんでいた。

「本当にありがとう。僕たちの子ども《ニーニョ》の写真を見せてくれて」そう言ってラモンは写真を返した。

今さらながらジェニファーは、ラモンの分の写真をもらわなかったことを後悔した。けれどあのときは、もう二度と彼には会わないと思っていたのだ。

それから二人は音楽を聞いて夜を過ごした。けれどラモンはジェニファーの隣には座らなかった。スパイダーは撫《な》で回すが、彼女とは距離を取っているように見受けられた。

やがて彼女が一番恐れていた時間が来た。就寝の時間だ。「あなたはソファで寝てちょうだい」

ラモンは肩をすくめた。「仰せのままに」

彼は戸棚から予備の寝具を出し、ソファで寝る準備を始めた。自分から頼んだことなのに、ラモンが一言も抗議しなかったので、ジェニファーはがっかりした。彼の私への気持ちは薄れてしまったに違いない。だって、こちらを見る彼の目にはもう情熱のかけらさえ見えないのだから。

ラモンは義務感でここにいるだけなのだ。あれこれ世話をしてくれるのは、私が赤ん坊の母親だからでしかない。君を抱きしめたいと言ってくれたのも、私の機嫌を取るための口先だけの言葉だったのだ。

今になってジェニファーは、自分が本当に欲しいものが何か気がついた。家族が――私を愛してくれる家族が欲しい。ラモンは明日にでも私と結婚してくれるだろう。でもそれはあくまで子どものためであって、私が望む結婚とは違う。あれだけ濃密な時を分かち合った相手に、哀れみから結婚してもらうなんてまっぴらだ。

ジェニファーは長い間、眠れないまま横になっていた。明日のことが心配で緊張しているだけだと自分に言い聞かせても、眠れない本当の理由はわかっていた。すぐそばに――階下にラモンがいるからだ。たとえ彼の心は遥《はる》か彼方《かなた》にあろうとも。

しばらくして、寝室のドアがそっと開いた。

「かわいい人《カリーナ》、僕だ」ラモンの声がした。

「いったい何の用？」

ラモンはため息を吐《つ》いて、ベッドの端に腰を下ろした。「ソファの寝心地が悪くて……」ラモンはもう一度ため息を吐いた。「いや、ソファのせいじゃない。僕の赤ん坊を宿した君が二階にいると思うと、じっとしていられなかった」ラモンは彼女の手を取ってそっと唇を寄せた。「愛を交わしてくれなんて言わない。ただ、君を抱いて眠らせてほしい」

あくまで子どもの母親として、私を抱きしめたいのだ。愛する相手としてではなく。

「頼む」

切々とした口調で頼まれると、さすがにノーとは言えなかった。ジェニファーは寝返りを打って、ラモンが入るスペースを空けた。ラモンはジェニファーの背中にぴったり寄り添い、腰に腕を回してきた。

ラモンがまったく何も身につけていないことを、意識せずにはいられなかった。彼はいつだって寝るときは裸だった。薄いコットンのネグリジェごしに、彼の体温や胸毛の感触が伝わってくる。

同時に、ラモンの下半身がまったく興奮していないことにも気づかずにはいられなかった。

やはり彼は、私を抱きたいとは本当に思っていないのだ。どれほど口先で私が恋しかったと言おうが、イギリスに戻ってきたのは子どものためなのだ。ジェニファーは規則的に深い呼吸をしようと努めた。私が眠っていると思えば、ラモンも話しかけてこないだろう。けれど、まさか彼が赤ん坊に話しかけるとは思わなかった。しかもスペイン語のささやき声で。何を言っているかは皆目わからないものの、通訳を頼むわけにはいかなかった。絶対に。

一粒の涙が流れ落ち、枕を濡らした。泣いていることに気づかれまいと、ジェニファーは必死でじっとしていた。これ以上つらい思いをすることはないと思っていたのに、胸が張り裂けそうだった。

翌朝、ジェニファーは頭痛とともに目を覚ました。ありがたいことにラモンはもう起きたらしく、寝室にはいなかった。

いきなり寝室のドアが開いたので、ジェニファーは上掛けを首まで引き上げた。

かすかないらだちがラモンの顔をよぎった。「僕だって自制心くらいある。それに、ずっとトレイを持って立っているわけにもいかない。体を起こしてくれないか」ジェニファーが起き上がると、膝の上にトレイが置かれた。「トーストと、スライスレモン入りの水だ。他に何か欲しいものは？」

ラモンは朝食を作ってくれたのだ。トレイには一輪の花まで添えてあった。涙で目がちくちくした。

「ごめんなさい」

「僕もきつい言い方をして悪かった」ラモンはベッドの端に腰を下ろし、ジェニファーの手を取った。「僕たちがぴりぴりしているのは、二人とも検査のことが心配でたまらないからだ。実は今朝、検査をしてくれる産科外来に電話をかけた」

「産科外来に電話を？」ジェニファーは驚いた。

「そうだ」ラモンは目をこすった。「最初の二回は留守番電話が応答した。三回めは清掃業者が出た。そのときになって初めて、てっきり八時過ぎだと思っていたのにまだ七時だと気づいた」

どうやらラモンもひどく緊張しているらしい。

「ゆっくり食べるといい。時間はたっぷりある」

不安に苛まれる時間もそれだけあるということだ。

「用があったら呼んでくれ」ラモンはジェニファーの手をぎゅっと握ってから、部屋を出ていった。

泣くのは必死にこらえたが、トーストは砂を噛《か》むような味がしたし、水を飲むのも一苦労だった。ジェニファーはシャワーを浴び、髪を洗った。それからゆっくり身支度をしてリビングに下りていった。

ラモンは何の悩みもないような顔で新聞を読んでいた。「そろそろもう一杯、水を飲んだほうがいい」

「飲まなくちゃいけないのかしら」

「ぱんぱんに膨らんだ膀胱《ぼうこう》を胎児に押されるのが不快なのはわかる。でも、きれいな超音波画像を得るためには必要なんだ」

ジェニファーは腰を下ろし、足もとにすり寄ってきたスパイダーを撫でながら時計に目をやった。予約までは、まだ時間がある。このうえ外来でも待たされたら……。

幸い、産科外来では待たずにすんだので、余分な責め苦は味わわずにすんだ。

「ミセス・ジェイコブズ？」

呼ばれて二人は立ち上がった。検査室に入る間も、お腹にジェルを塗ってもらい、産科医から手順の説明を受ける間も、ラモンはずっと手をつないでいてくれた。親指を吸う胎児の姿がディスプレイに映ったときには、ラモンは感嘆の表情を浮かべた。

「これが僕たちの赤ちゃんなのか」感極まった声だった。「ほら見てごらん、愛しい人《ケリーダ》、心臓が動いている」

彼の目が潤んでいるように見えたのは、目の錯覚だろうか？

針が刺される瞬間、ジェニファーは彼の手を握りしめた。「怖がらないで。落ち着いて《トランキーロ》。大丈夫だ」

「はい、終わりましたよ」産科医が笑顔で言った。

「結果がわかるのは二週間後です。ちなみに、私が見る限り、気になる点は見受けられませんでした」

「ありがとうございます」ラモンが静かに答えた。

「結果はこちらから電話でお知らせします。ただし、何か問題があるとわかった場合は、今後の相談が必要なのでかかりつけ医から電話があります」産科医は一枚の紙を渡してきた。「二週間経《た》っても連絡がない場合は、この番号に電話してください」

「連絡がない場合って？」ジェニファーが訊ねた。

「ごくまれに、細胞の培養が上手《うま》くいかないことがあるんです」

「検査をやり直さなければいけないんですか？」

「そういうことです。でもその可能性は非常に小さいですから。ではミセス・ジェイコブズ、今日と明日は楽にして過ごしてくださいね」

「もちろん、そのつもりです」ラモンが答えた。

ジェニファーはお腹のジェルを拭き取りながら、ラモンを睨《にら》みつけた。「私にだって口はあるのよ」

「君の好きにさせたら、脚立に登って窓拭きをやりかねないじゃないか」ジェニファーが服を整えると、ラモンは立ち上がるのに手を貸してくれた。「赤ん坊はきっと女の子だな」ラモンは笑った。「母親《マードレ》に負けないくらい頑固者なのは間違いない」

「もし知りたければ、赤ちゃんの性別をお教えしますよ」産科医が申し出た。

「生まれるときの楽しみにしておきたいので、けっこうです」ジェニファーが答えた。

「決断は君に任せるよ」ラモンが言った。

少なくとも反論するつもりはないらしい。

コテージまで、ラモンはこの上なくゆっくり、しかも慎重に運転した。ジェニファーの胸にじわじわと怒りがこみ上げた。こんなふうに真綿でくるまれるような扱いを受け続けたら、頭がどうにかなってしまう。さっさと仕事に戻って、二週間の待機期間のことなど忘れてしまいたい。

けれど恐れていたとおり、ラモンは断固たる態度を崩さなかった。「さあ、ベッドだ」コテージのドアを開けたとたん、ラモンは言った。「夕方まではそこで横になっているように」

「ラモン――」

「ベッドに行くんだ。あとで飲み物とサンドイッチ、それに何か読むものを持っていくから」

驚いたことに、彼は出産雑誌を山ほど持ってきた。

「いったいどこで手に入れたの？」

「新聞スタンドだ。今朝は早く目が覚めてしまったから、産科に電話する前に散歩に出かけたんだ」

店にある出産雑誌は全種類買ってきたに違いない。その半分をすでに読んだことがあるとは、さすがに言えなかった。

「雑誌を見て、子ども部屋に置きたいと思うものが見つかったら教えてくれ」

ジェニファーは怪しむように目を細めた。「どうして？」

「何か考えることがあれば時間をつぶせるからだ」

ラモンはジェニファーと並んでベッドに座り、雑誌のページをめくりながら、カーテンや授乳椅子など、気に入ったものがあれば示すよう促した。やがて彼女から雑誌を取り上げた。「昼寝《シエスタ》の時間だ」

「疲れていないわ」

「かわいい人《カリーナ》、今日の午前は検査で大変だったんだ。ストレスは疲労につながる。昼寝してごらん」

「本当に疲れていないのよ」

ラモンはカーテンを閉め、ジェニファーの隣に横になった。ただし、上掛けの上に。それから彼女に腕を回して寄り添うと、頭にキスを落とした。「さあ、目を閉じて。君は空を見上げている。空は真っ青で、白い雲がふわふわ浮かんでいる。気がつくと君は雲に乗っている。雲は柔らかくて気持ちがいい。君はそっと雲に横たわり、目をつぶる……」

なぜラモンはこんなにリラクゼーション術が上手いのだろう。いぶかしみながらも、ジェニファーの目蓋が重くなる。そしてラモンの腕という安心感に包まれつつ、彼女はまどろみに落ちていった。

目が覚めたら一人だった。階下からラモンの声が聞こえ、ジェニファーは顔をしかめた。来客だろうか？　それとも電話？　とりあえずジェニファーは伸びをした。これ以上、寝たきりの病人のようにベッドにいるのはこりごりだ。彼女はガウンをはおって、裸足《はだし》のまま階段を下りた。

「いったい何をしているんだ？」

「目が覚めたのよ。あなたは誰と話していたの？」

「言うほどの相手じゃない」軽い口調だったが、後ろめたそうな顔に見えた。「何か食べるかい？」

「まだお腹が空《す》いていないわ」

「それならベッドに戻ったほうがいい」

「ラモン、ずっとベッドにいたら頭がどうにかなってしまうわ」

ラモンはため息を吐いた。「わかった。起きていてもいい。ただしソファでおとなしく座っているように」いらだちが顔に出ていたらしい。ラモンはこうつけ加えた。「いっしょにビデオを観《み》よう。僕がポップコーンを作るから」

ポップコーンは黒焦げだったが、少なくともラモンは頑張って作ってくれた。それに彼はジェニファーが居心地よく過ごせるよう、背中にクッションをあてがったり、足をマッサージしてくれたり、かいがいしく世話をしてくれた。

これが、私が彼の子どもを身ごもっているからではなく、私を愛してくれているからだったら、どれほどよかっただろう。

次の日もおおむね同じだった。ジェニファーはお昼までベッドから出ることを許されず、ラモンはまめまめしくジェニファーの世話を焼きながら、ダイニングで何か仕事をしていた。ドア口からちらりと中をのぞいたとき、ノートパソコンと資料が見えたが、何をしているのか聞き出すだけの勇気はなかった。

けれど、ついにジェニファーも限界を迎えた。

「ずっとベッドに寝ていたら、最悪の事態ばかり考えてしまうわ」

ラモンはため息を吐いた。「わかった。僕が子ども部屋の木造部にペンキを塗る間、椅子に座って話をしていてもいい。ただし、ドア口からだ。窓を開けていても、ペンキから揮発する物質は妊婦や胎児にはよくないからね」

ラモンがペンキを塗るのを見ながら、ジェニファーはあれやこれや話をした。彼の仕事ぶりは手早く几帳面《きちょうめん》で、仕上がりは完璧だった。ラモンは上半身裸になって作業をしていたから、彼の筋肉の動きを見ているだけで、ジェニファーの口はからからになってしまった。彼が欲しかった。ものすごく。

でもそれは虚《むな》しい願いだった。ラモンのほうは彼女を求めてなどいないのだから。

三日めになるとジェニファーはさらにいらだち、あらゆるものに難癖をつけだした。

「わかったよ。明日から仕事に行っていい。ただし、僕が病院まで送っていって、仕事が終わるころに迎えに行く」

ジェニファーは口もとを歪《ゆが》ませた。「いかにもアンドリューが言いそうなことだわ」

ラモンは腕を組んだ。「僕はアンドリューじゃない。僕は君に仕事に行くなとか、友だちに会うなとか言っているわけじゃない。君が頑張りすぎて体調を崩さないよう、気を配っているだけだ。仕事のあとで友人と出かけたってかまわない。迎えに来てほしい二十分前に、電話をくれたらいい」

「わかったわ」けれど、一言つけ加えずにはいられなかった。「でも検査の結果が出るまで、職場に妊娠のことは言いませんからね」

「病棟の同僚には言わなくてもいいだろう。でも小児科部長には言っておいたほうがいい。ピートは秘密を守ったうえで、君に気を配ってくれるはずだ」

彼の口調にひっかかるものを感じた。「ひょっとして、もうピートに知らせたの？」

「たまたま話題に上がっただけだ」ラモンは言葉を選びながら答えた。

「どうして勝手なことばかりするのよ」

「僕の子どもでもあるんだぞ」

もちろんそうだろう。ラモンが心配しているのは彼の跡継ぎであって、子どもの母親ではないのだ。

翌朝、病院まで送ってもらったとき、ジェニファーは訊ねた。「あなたは今日は何をするつもり？」

「仕事をしたり、スパイダーと遊んだり、あれやこれやだ。家を散らかさないように気をつけるよ。迎えに来てほしいときは携帯電話に連絡してくれ」

もしコテージに戻るのなら、なぜ固定電話にかけろと言わないのだろう？　ひょっとして……。いや、考えても意味はない。私とラモンの関係はもう終わったのだ。「わかったわ。じゃあまたあとで」

ラモンは別れ際にキス一つしてくれなかった。ジェニファーはすっかり意気消沈して病棟に足を踏み入れた。メグにはウイルス性胃腸炎はすっかりよくなったとごまかし、最初の患者――ひどい喘息《ぜんそく》の発作で入院した少女をチェックしに行った。

ラモンが迎えに来たときには、ジェニファーはすっかり落ち着きを取り戻していた。そして次の日は、検査結果を待っていることを忘れるくらい、仕事に没頭することができた。

ところがコーヒー休憩から戻る途中で、ラモンを見かけてしまった。彼はこちらに背を向け、何人かの医師と話していた。検査結果の話をしているのかと思って、ジェニファーは心臓が止まりそうになったが、そのはずはないと思い直した。いくらラモンが裏から手を回そうが、細胞の培養を早めることはできないのだから。

それなら彼はここで何をしているのだろう？

その日の夕方、迎えに来てほしいと電話をかけたとき、ジェニファーはこう言わずにいられなかった。

「今日、病院であなたを見かけたわ」

「退屈だったから、昔の仲間に会いに行ったんだ。小児科病棟に立ち寄って、君とランチを食べようかとも思った。でも、監視されていると君に思われたくはなかったし、僕が会いに行って病棟の噂《うわさ》になっても困るからやめた」

「そうね」

「それじゃあ、駐車場で待っているよ」

「ありがとう」電話を切ったとき、ジェニファーは眉をひそめた。聞き間違いかもしれないが、受話器の向こうで女の声がした気がした。楽しそうに笑いながら、ラモンを呼んでいた。

だから彼は携帯電話にかけろと言ったのだ。彼はコテージではない場所で、他の女性といっしょにいるのだ。灼《や》けつくような痛みが体を貫いた。ラモンはいつから、その女性とつき合っているのだろう。でも、私が口をはさむ筋合いはない。彼がコテージに滞在する理由は一つしかないのだから。

赤ん坊だ。

もうたくさんだった。今夜、ラモンにはっきり言い渡そう。赤ん坊にはいつ会いに来てもらってかまわない。でも、もうコテージには泊まらないでほしい。私は一人で十分やっていけるから、と。

13

結局ジェニファーは怖《お》じ気《け》づいてしまい、迎えに来てくれたラモンに怒りをぶつけることができなかった。ラモンは彼女の気持ちに気づいてもいない様子で、デリで買った冷製チキンとベークドポテトの夕食が終わると、休むように勧めるいっぽうで、自分はもう少し仕事をすると言った。

ラモンが何か論文を書いているのは知っていた。けれど、その内容については話してもらえなかった。ジェニファーは内心傷ついた。医師と看護師とでは立場が違うとはいえ、私だって医療に携わっている。何か助言できるかもしれないのに。

でもラモンは私の助言など、いや、そもそも私のことなどいらないのだ。私にふれるのもベッドでだけだし、それだって、彼が抱いているのは私ではなくお腹《なか》の赤ん坊なのだから。

結果が出るまであと八日。期日が迫るにつれ、時の流れが遅くなったように感じられた。三十分は経《た》っただろうと思って時計を見ても、五分も経っていないこともあった。

その日の夜、遅番だった彼女を迎えに来たラモンは、ひどく機嫌がよさそうに見えた。「何かいいことでもあったのかしら?」何となくむかっ腹が立ち、ジェニファーは訊《たず》ねた。

「秘密だよ。明日《マニャーナ》になればわかる」

「いったい何を企《たくら》んでいるの?」

「君が心配するようなことは何もないよ。ところで、ちゃんと夕食は食べたかい?」

私が不安で仕方がないのに、どうして彼はこんなに落ち着いていられるのだろう？　ジェニファーは不機嫌に黙り込んだ。家に帰る道中ずっと。ラモンが入れてくれた、母体にも胎児にも適温だという風呂に浸《つ》かっている間もずっと。そして彼に背を向けてベッドに横たわったときも。

　ところが、ラモンが彼女に手を回してきたそのとき、お腹の中でかすかな動きがあった。

　ラモンはぴたりと手を止めてささやいた。「ジェニファー？　今のを感じたかい？」

「ええ」ジェニファーもささやき返した。

「赤ん坊が動いた。僕たちに挨拶するために」そう言ってラモンは彼女のお腹を撫《な》でた。

　赤ん坊がまた動いた。

「やあ《オラ》、僕の赤ちゃん《ミ・ニーニョ》」

　ジェニファーは必死で泣くまいとしたが、嗚咽《おえつ》をこらえきれなかった。

「愛しい人《ケリーダ》、落ち着いて。何もかも大丈夫だから」

抱きしめてくれるラモンの声も震えていた。ジェニファーは安心感が欲しくてラモンと指を絡めた。ラモンは何も言わずに彼女を抱き寄せ、その温かい体でジェニファーの不安や寒気を取り去ってくれた。

　まどろみに落ちるとき、かすかにラモンの唇が肩にふれた気がした。

　でも夢だったのかもしれない。あり得ないことを切望するあまり、幻覚を感じたのかもしれない。

　次の日も遅番だった。ラモンはベッドまで朝食を運んできて、ジェニファーがベッドから出ることを許さなかった。今日は夜の八時まで仕事なのだから、休めるときに休んでおくべきだと言って。

　そのくせ出勤するときは、彼女を家から早く出したがっているように見えた。ジェニファーは黙って従った。質問しなければ、嘘《うそ》を吐《つ》かれることもない。

　結果が出るまであと七日。そう思いながらジェニファーは病棟に足を踏み入れた。つまり、まだ百六十時間以上、待たなければいけないということだ。

さらに悪いことに、その日最初に担当したのが、クリッペル＝ファイル症候群の患者だった。二分脊椎症を併発することが多い病気だ。

どうか私の子どもには異常がありませんように。ジェニファーは必死で祈った。外面はいつもどおり冷静で落ち着いた態度を保てたが、頭の中で〝もし万が一〟という声がますます大きくなって、内心はパニック寸前だった。

その夜ジェニファーは、迎えに来てくれたラモンに訊ねた。「クリッペル＝ファイル症候群について教えてくれる？」

「口頭試問かい？」そう言ってラモンは苦笑した。「察するに、この病気の患者が来たんだね」

ジェニファーはうなずいた。

「これは頸椎《けいつい》のうちいずれか二つが先天的に癒合している病気だ。この異常は妊娠五週から八週の間に起きると言われている。男児より女児に多く、首が短い、後頸部のヘアラインが低い、首が動かしにくいなどの特徴を持つ。重度の場合は、手術によって首の可動域を広げたり神経根の圧迫を解除したりする必要がある。しかし軽度の場合は、首を痛めるようなスポーツさえしなければ、ごく普通の生活が送れる」

ジェニファーは大きく息を吸った。「たしか、よく見られる併発症があったわよね」

「多いのは脊柱側湾症だ。それから――」ラモンはいきなり言葉を切った。二分脊椎症と言う前に。ラモンは運転席から伸ばした手を、彼女の手に重ねた。

「僕たちの子どもが二分脊椎症と決まったわけじゃない。それにクリッペル＝ファイル症候群は、まったく原因が違う」

「でも遺伝的要因がある点は同じだわ」ジェニファ

ーは関節が白くなるほど手を握りしめた。どうしてラモンにはこの不安がわからないのだろう。「私の家系にこの病気の人がいたかもしれないのよ」

「それは重要じゃない」ラモンは最後を強調して言った。「君が心配なのはわかる。でも君の家系には、遺伝病の人は誰もいなかったかもしれない」ラモンは言葉を切って、そっとジェニファーの手を叩《たた》いた。

喉が詰まって言葉が出なかった。ホルモンバランスが乱れているから、気分が落ち込んでいるだけよ。ジェニファーは自分に言い聞かせた。でも〝もし万が一〟と思うと平静ではいられなかった。

コテージに戻ったところで、ラモンが言った。

「君に言っておかなければいけないことがある」

ああ、とうとうこのときが来た。ラモンは、電話で声が聞こえた女性のことを話すつもりなのだ。

「ジェニファー？」

「ごめんなさい。聞いていなかったわ」

「ぼうっとしているのは、働きすぎて疲れているからだな」ラモンはため息を吐いた。「すぐに休んでもらいたいが、その前に僕についてきてくれ」

ラモンに導かれるままに階段を登りながら、ジェニファーは内心おののいていた。いったい彼は何を打ち明けるつもりなのだろう？

ラモンは子ども部屋のドアの前で足を止めた。

「目を閉じてくれ」

ジェニファーは顔をしかめた。「何ですって？」

「目を閉じてくれ。お願いだ」

こう言われると抗《あらが》えず、彼女は目を閉じた。

「もう目を開けていいよ」

目を開けたとたん、ジェニファーは驚きに息をのんだ。二人でペンキを塗った部屋は、すっかり様変わりしていた。部屋の一画にブナ材のベビーベッドが置かれ、お揃《そろ》いのおむつ交換台と、座り心地のよさそうな授乳椅子もある。動物の柄が散りばめられた緑色のカーテン。フェルトでできたアオムシの大きなウォールポケットに、各アルファベッドで始まる指人形が入っている。水色に塗られた天井には、ふわふわ浮かぶ雲と太陽、それに虹が描かれ、蝶《ちょう》のモビールと青い鳥のモビールが吊《つる》されていた。

「ラモン……これはあなたが？」

「いや、全部じゃない。友人の友人がロンドンで子ども部屋のデザイナーをしているんだ。僕は買い物をしただけで、装飾は彼女に頼んでやってもらった。モビールは彼女の作品で、ウォールポケットは彼女の友人の作品だよ」

〝装飾は彼女に頼んでやってもらった〟電話の向こうから聞こえたのは、その女性の声だったに違いない。ラモンが何となくこそこそしていたのは、サプライズで部屋を改装していたからだろう。

ラモンは浮気をしていたのではなかった。

何でもないことにやきもきして、私は何と愚かだったのだろう。もちろんラモンが浮気をするはずがない。嬉《うれ》しくて天にも昇る気持ちだった。

「たしか雑誌を見たときに、この家具がいいと言っていたよね」いつになく彼の声は自信なさげだった。

ジェニファーは言葉もなくうなずいた。

「事前に相談するべきだとは思ったけれど、サプライズで君を笑顔にしたかったんだ」ラモンは部屋に入り、ベビーベッドのテディベアを手に取った。

「テディベアも勝手に買ってしまってごめん。でも僕も子どものころ、これとそっくりのテディベアを持っていたんだ」

シュタイフのテディベアだった。とても高価で、とてもすばらしいベアだ。

「泣かないでくれ、愛しい人《ケリーダ》。気に入らないなら、ペンキを全部塗り直して、家具も返品するから」ラモンはジェニファーを優しく抱き寄せた。「大丈夫、心配はいらない《ノ・テ・プレオクーペス》」

ちっとも大丈夫じゃない、とジェニファーは思った。ラモンの抱き方は、泣いている人を慰めるだけの抱き方だった。今さらながら彼女は気づいた。ラモンが浮気をしていなかったからといって、今でも私を愛しているとは限らないのだ。イギリスに戻ってから、ラモンはほとんど私に手をふれないし、キスだってしようとはしない。こんな状態で、これから上手《うま》くいくはずがない。私はずっと、彼の言うことを聞いていれば大丈夫だと自分を騙《だま》していただけだったのだ。

あと六日。あと五日。

カウントダウンはじりじりと進んだ。四日。三日。あと二日。ジェニファーは四六時中、時計を見ては、針に早く動けと念じるようになった。

とうとう恐れおののきながら待った日が来た。その日ジェニファーは非番で、ラモンは書いている論文に関して相談があるということで、ブラッド病院に出向いていた。日程を変えてくれてもよかったのにと思ったが、ラモンはきっと今日が何の日か忘れてしまったのだろう。ジェニファーは不意に気分が悪くなった。彼が忘れてしまったのは、検査の結果がどうでもいいからに違いない。彼はただ、用があれば携帯電話に連絡してくれとだけ言って、出かけていったのだから。病院の中にいたら、携帯電話にかけたって自動的に留守番電話に切り替わることは、わかっているはずなのに。

ジェニファーは何も手につかず、じりじりと時計の針が進むのを見つめていた。九時になっても、九時半になっても、何の連絡もなかった。ジェニファーの手が震え始めた。ひょっとしたら細胞が上手く培養できず、検査のやり直しになったのかもしれない。十時になっても、やはり電話は鳴らなかった。病欠の職員でもいて、手が足りないのだろうか。十時半になったとき、ジェニファーは園芸用の手袋を取りに行った。少なくとも庭の手入れをしていれば、時計を睨《にら》みながら、なかなか電話がかかってこない理由をやきもき考えずにすむ。かかりつけの医院は午前中は混むから、電話は午後にかかってくるのかもなどといらぬ憶測をせずにすむ。

ジェニファーは電話の子機を持って庭に出た。ひどく頑固なイラクサを抜いている最中に電話が鳴った。慌てて電話に出たものの、留守番電話に切り替わるほうが早くて、通話は切れてしまった。

震える指でジェニファーは最後の着信を調べた。

〝十時四十五分に着信がありました。発信者の番号は伏せられています〟

いらだちのあまり泣きたくなった。病院の方針で、留守番電話にメッセージを残さないことは知っていたのに。なぜ私は留守番電話機能をオフにしておかなかったのだろう？　さっきの電話は保険のセールスかもしれないし、考えたくはないが、かかりつけの医院からかもしれない。

もう一度かかってくるまで、とても待っていられなかった。ジェニファーは手袋を脱ぎ捨て、検査の日にもらった紙に書いてあった番号に電話をかけた。話し中だった。いったん電話を切って、もう一度かける。今度も話し中だ。三度めでようやく電話がつながった。呼び出し音を六回聞いたところで相手が出た。「産科外来です」

「こちらはジェニファー・ジェイコブズです。今さっき……」ジェニファーの声がかすれた。「今さっき、私に電話をいただきましたか？」

心臓があまりにもやかましく打っているので、電話の向こうまで聞こえているに違いないと思った。動悸《どうき》も怖いほど速い。今から聞こうとしているのは、結果の見当がつく試験の合否などとは違う。自分の力ではどうしようもない検査の結果なのだ。どうか、どうか赤ちゃんに何の異常もありませんように。ジェニファーは内心で祈った。

「ええ、かけました。病院の方針で、留守番電話にメッセージを残すことができず申し訳ありません」

「結果を聞かせてもらえますか？」どうにか彼女は落ち着きを取り戻した。たしか、問題がなければ病院から連絡があるという話だった。さっきの電話は病院からだったのだから大丈夫に違いない。

「安心してください、ミセス・ジェイコブズ。羊水検査の結果、何の異常も認められませんでした」

「ありがとうございます」かすれた声で礼を言うと、ジェニファーは電話を切ってむせび泣いた。「よかった」彼女はお腹を撫でながら、赤ん坊に語りかける。「あなたが大丈夫で本当によかった」

　そうだ、ラモンに伝えなければ。彼のいる場所が病棟から離れていれば、電話が通じるかもしれない。

　ジェニファーは受話器を取ったが、手が震えるあまり番号を三回も打ち間違えた。ようやく電話がかかり、呼び出し音が一回、二回と鳴った。

「ラモン・マルティネスです」

「ラモン？　あの……」それ以上の言葉は口にできなかった。涙が頬を流れ、嗚咽で喉が詰まった。

「かわいい人《カリーナ》、そこを動くんじゃないぞ。今すぐ帰る」いきなり電話が切れた。

　リダイアルしても、〝この電話は電源が切られています〟というメッセージが流れるだけだった。

　十分後、家の前で急ブレーキをかける音が響いた。ラモンが駆け込んできたかと思うと、玄関のドアを閉めることも忘れてジェニファーを抱きしめた。

「ああ、ジェニファー。心配はいらない。何があろうとも、僕はわが子を愛するよ。家族としていっしょに暮らそう」

「ラモン、私は――」

「何も言わなくていい。さあ、落ち着いて《トランキーロ》。僕がここにいるから」

「ラモン、大丈夫だったの」ジェニファーは彼の胸もとでつぶやいた。

「わかっているよ」ジェニファーの髪を撫でていたラモンが動きを止めた。「何だって？」

ジェニファーはラモンを見上げた。「さっきからずっと言おうとしてたのに。検査の結果は何の異常もなかったのよ」

「でも……君は電話で泣いていた。取り乱していると言ってもいいくらいに」

再び涙がこみ上げてきた。「今もまだ冷静とは言い難いわ」

「てっきり……」ラモンはごくりと唾をのんだ。

「悪い知らせだとばかり思っていた」

「ちゃんと伝えようと電話をかけ直したのに、あなたの電話は電源が切られていて通じないんだもの」

ラモンは満面の笑みでジェニファーを抱き上げると、くるくるとふり回した。「僕たちに子どもが生まれる。元気な子どもが」ラモンは歓声をあげた。

「これでみんなにも知らせることができるぞ」

「ラモン――」

「それに結婚式の計画も立てられる」

「結婚式？」

「そう、僕たちの結婚式だ」

「でも、あなたは私と結婚なんかしないでしょう」

「もちろんするさ」

「あなたは、赤ちゃんに異常がなかったから、嬉しくて過剰反応しているだけよ」そして、私と結婚するのが義務だと思っているだけよ。

「違うよ。そういう君はホルモンバランスが狂って、涙もろくて情緒不安定になっているだけだよ」

「でも――」

「ジェニファー、僕は週末だけ子どもに関わる父親になるつもりはない。土曜日の朝、子どもを迎えに来て、遊園地だの動物園だのに連れていき、適当にハンバーガーを食べさせたら、その日の夜には親として果たすべき責任を君に押しつけて帰っていくような父親にはなりたくない。僕はずっと子どものそばにいたいんだ。わが子のおむつを替えて、お風呂に入れて、寝る前に絵本を読んでやりたい。初めて笑った瞬間を、初めて生えた歯を、初めてしゃべった言葉を、最初の一歩を、すべてをじかに経験したいんだ」

ラモンは笑っていなかった。その目があまりに真剣なので、ジェニファーは怖くなった。「まさかあなたは、私から赤ちゃんを取り上げるつもり?」

ラモンはやれやれと天を仰いだ。「馬鹿なことを言うな。もちろん、そんなことはしないさ。僕は君といっしょに子どもを育てたいんだ。君の夫として。互いに愛し合う相手として」

14

ラモンの言葉が信じられなくて、ジェニファーはまじまじと彼を見つめた。しかもラモンは色っぽくささやいたのだ。〝互いに愛し合う相手として〟と。

ジェニファーの全身がおののいた。「ラモン?」

「そこで待っていてくれ。すぐ戻る」ラモンは車からブリーフケースを取ってくると、中に入っていた封筒から書類を取り出した。「これを読んでくれ」

ラモンの雇用通知書だった。ブラッド病院で、研究職を兼任する顧問医として雇うと書いてある。

「発行された日付を見てくれ、かわいい人《カリーナ》」

ラモンがイギリスに戻ってくる一週間前だった。

「どういうことかわからないわ」

「説明しよう」ラモンはリビングに移動し、ソファに座ってジェニファーを抱き寄せた。「スペインに帰国した僕は憂鬱だった。たしかに仕事は、元いたセビージャの病院で続けられた。でも、それでは不十分だった。僕はここに――君のいるところにいたかった。だからその日のうちに、一身上の都合で退職したいと院長に申し出た。次に、ブラッド病院で就職できないか、あらためて交渉した」

「でも……あなたと私は……」

「あのときは二人とも頭に血が上っていた。君は僕を嘘《うそ》吐《つ》きだと思っていたし、僕もそんなふうに思われて憤慨していた。でも、愛する女性を遠ざけてしまうようなプライドにどんな意味がある？」

「愛する女性？　私のこと？」

「何度もそう言っているじゃないか。結婚する相手は君一人だとも言ったよ」ラモンはまっすぐにジェニファーの目を見つめた。「君がスペイン語で〝愛している〟と言ってくれた日、僕もスペイン語で自分の気持ちを伝えた。ただ、性急にことを進めすぎているのではないかと思うと怖くて、英語では言えなかった」

ジェニファーは言葉もなかった。

「エレース・トダ・パラ・ミ。クエリオ・エスタール・コンティーゴ・パラ・シエンプレ」ラモンはささやき声で翻訳した。「〝君は僕のすべてだ。永遠に君といっしょにいたい〟愛する人《ミ・アモーレ》、だからこそ僕はここに戻ってきた。なぜなら僕の家は、君のいるところだから」

「ここに住みたいの？」

「君がここに住みたいのなら」ラモンは肩をすくめた。「いずれ増築するか、大きな家に引っ越す必要はあるだろうけれどね。僕たちにもっと子どもが生まれたときに」

〝もし生まれたら〟ではなく〝生まれたときに〟。

彼は本当に私と家族を築きたいと思っているのだ。

ジェニファーはあらためて雇用通知に目をやった。そして、宛名がドクター・マルティネスではなく、ドン・マルティネスになっているのに気づいた。

「これはどういうこと？　他にも私に隠していることがあるのね？　本当のことを教えて。何もかも」

「わかった。ドンはスペインの男性貴族につける尊称だ。ソフィアにもコンテッサという称号があった。だから彼女の両親は、ソフィアをミゲルと結婚させたくなかったんだ。でも今ソフィアは、ただのシニョーラでいられることに満足している」

「もしあなたと結婚したら、ソフィアはコンテッサのままだったの？」

「まあ、そうだ」ラモンは気まずそうに答えた。

「それならあなたとは結婚できないわ。あなたの家族は私を受け入れてはくれないもの」

ラモンは微笑《ほほえ》んだ。「僕の家族はソフィアの家族とは違う。それにアラベラだってお高くとまってはいるが、いずれは慣れてくれるはずだ」

ふとジェニファーは嫌な予感がした。「ひょっとして、アラベラはシニョーラではないの？」

「そうだよ。妹は称号にはとてもこだわっている」

「どうしよう」ジェニファーは目を閉じた。「病院にアラベラが来たとき、私ったら彼女をシニョーラ・モリネッロと呼んでしまったわ。そのうえ彼女には、何のモラルもない女だと軽蔑されているのよ」

「そんなことはない。ソフィアとミゲルのことを知らせたあと、アラベラと話す機会があった。妹は、君には気骨があると言っていた。妹なりの君への好意の表れだと思う」ラモンはジェニファーの髪を優しく撫《な》でた。「母も弟も、心から君を歓迎してくれるよ。でも大事なのはそこじゃない。大事なのは僕たちの気持ちだ。僕が君を求めていることだ」

「本当にそうかしら?」

ラモンはいぶかしげに眉を上げた。

「二週間以上、同じベッドで眠っていたのに、あなたは私にふれようともしなかったわ」

ラモンは奇妙な笑みを浮かべた。「君だって僕を求めていなかった。そばに寄るなと、あからさまに態度で示していたじゃないか。僕は君の意思を尊重しただけだ。とてもつらかったよ。ソファで寝られなくて、君のベッドに入れてくれと頼みに行ったのを覚えているだろう?」

「でも……」ジェニファーは赤面した。「あなたの体は私に反応していなかったわ」

「そのとおり」ラモンは真顔になった。「僕がどれほど苦労したか想像できるかい? 何度も冷たいシャワーを浴びたし、君と並んで横になったときは、全身の骨を頭のてっぺんから爪先まで一つずつ、頭の中で列挙した。その次に全身の筋肉の名前と、神経系の名前を一つずつ思い出した」ラモンはジェニファーを抱き寄せた。「本当に君としたいことから気をそらすためにね」ラモンの声が低くなり、とろけたチョコレートの甘い響きを帯びた。ラモンが身をかがめ、そっと唇を重ねてきた。そして彼女の下唇を優しく噛《か》んで、口を開けろと舌先で促した。

キスを返す以外、ジェニファーに何ができただろう? そのとたんラモンは自制心をかなぐり捨て、彼女のシャツを、次にブラジャーを脱がせて床に放り投げた。そしてあらわになったジェニファーの肌をあますところなく愛撫《あいぶ》し、キスし、味わった。

ラモンが愛撫をやめたとき、二人とも全身を震わせていた。カーテンが開いていることに気づいて、ジェニファーは小さく悲鳴をあげた。

「これで僕の気持ちはわかっただろう?」ラモンはシャツを拾ってジェニファーにはおらせ、カーテンを閉めた。「君が欲しい、ジェニファー。欲しすぎて頭がどうにかなりそうだ。でも、あのときは君がしたくないことを無理強いしたくなかった」

「そんなことは思いもしなかったわ」

ラモンはかすれた声で言った。「今だって君が欲しくてたまらない。いっそのこと、今から二人で昼寝《シエスタ》にしないか？　そうすれば僕の気持ちを証明できる」反論の隙も与えず、ラモンはジェニファーを抱き上げて階段を上がった。寝室に入ると、ゆっくり時間をかけてジェニファーの服を脱がせ、彼女の肌のきめや匂いをあらためて味わった。そして身ごもったことで変化した体の様子を――丸く膨らんだお腹《なか》や、豊かさを増した胸を確かめた。

ラモンがお腹にキスしたとき、赤ん坊がはっきり蹴り返してきたので、ジェニファーは声をあげて笑った。「赤ちゃんがやきもちを焼いているわ」

「残念だったな」ラモンは赤ん坊に声をかけた。「美人でゴージャスなママを一人占めすることはできないぞ。一生涯、僕が愛する人だからな」

ラモンは時間をかけ、ゆっくりと愛を交わした。そして昇りつめたジェニファーがすすり泣きながら彼の名を呼んだとき、彼女をしっかり抱きしめた。

「さあ、これで僕と結婚してくれるかい？」

「それはプロポーズのつもり？」

ラモンは何かをこらえるように奥歯を食いしばった。「大事なところで冗談を言わないでくれ」

「冗談ではないわ。あなたは結婚すると宣言するばかりで、ちゃんとプロポーズしてくれてないもの」

ラモンは重いため息を吐いた。「スペイン人の男はえてして上からものを言いがちなんだ」

「ラモン――」

「本当なら、月明かりのもとで片膝をついて、バラとシャンパングラスと指輪を差し出すべきなんだろう。でも、月が出るまで待ってはいられない」

「何ですって？」

けれどラモンはすでに寝室から出ていったあとだった。一糸まとわぬ姿のままで。

数分で戻ってきたラモンは、両手を背中の後ろに隠していた。「月明かりを想像してくれ。そして、ここが君の庭だと思ってほしい。君を庭に連れていこうかと思ったけれど……」ラモンの視線が、上掛けをはだけたままのジェニファーの裸体をたどった。

彼は迷いを払うように頭をふると片膝をつき、背中から片手を出した。「まずは水のグラスだ」

「シャンパンはどうなったの？」

「妊娠中はおあずけだ」ラモンはグラスをベッドサイドテーブルに置き、再び背中に手を回して、深紅のバラを一本取り出した。「それからバラが一輪」

ジェニファーが庭で育てている、お気に入りの品種だ。ただし、今は切り花として家の中には飾っていない。「まさか……その格好で庭に出たの？」消え入りそうな声で彼女は訊《たず》ねた。

「わざわざ服を着る手間と時間がもったいなかったんだ。これで飲み物とバラと月明かりが揃《そろ》った。さてジェニファー、テ・アモ・コン・トド・ミ・コラソン、キエレス・カサルテ・コンミーゴ？」ラモンは情熱的な低い声で英語に言い直した。「心の底から君を愛している。僕と結婚してくれないか？」

「私……」

「君が言うべき返事は〝イエス〟だ」

「もしノーと言ったら？」

「君がイエスと答えてくれるまで、一時間ごとに求婚するよ」ラモンは一枚の紙を彼女に渡した。「どうか僕を苦しみから救って、結婚してくれ」

ジェニファーは紙を広げた。「これは何？」

「何だと思う？」質問に質問で答えるなんて、いかにもラモンらしい。「それは指輪の借用書だ」

「言っている意味がわからないわ」

「まだ君にあげる指輪を買っていないんだ。僕の好みを押しつけたくないし、二人で選びたいから」

ラモンは笑っていなかった。それどころか、いつもは自信満々な彼がひどく不安げだった。

「愛している。初めて君を見た瞬間から、ずっといっしょにいたいと思った。君に信じてもらえなかったときもあったけれど、これからは、絶対に君を傷つけたり、浮気したりしないと約束する。何ごとも秘密にはしないし、あれこれ指図したりもしない。ただし、君のためを思うときだけは別だ」ラモンは笑顔でつけ加えた。「例えば、君の足がむくんだら、すぐに助産師のジルに電話するとか。結婚式を挙げる場所はどこでもいい。登記事務所でも教会でも、ブラッド病院でも、野原の真ん中でも。君が僕と結婚してくれて、生涯の愛を誓わせてくれるなら」

琥珀色《こはくいろ》に輝く瞳は、真摯な情熱に満ちていた。ジェニファーの答えは〝イエス〟しかなかった。

エピローグ

五カ月後、ジェニファーは病院のベッドで横になっていた。すぐ隣にラモンが腰を下ろし、彼女の腕の中では赤ん坊がすやすや眠っている。

「なんてかわいいのかしら」しげしげと赤ん坊を眺めてジェニファーは嘆息した。

「なんてかわいいんだ」ラモンが同じ言葉をくり返した。その声音には、ジェニファーと同じ感嘆が込められていた。

「指なんか、こんなに小さいし」

「でも、てのひらは大きいよ」ラモンが言った。

「きっと背が高くなるに違いない」

「それに、お父さんそっくりのハンサムになるわ」

「顎の形は君に似ているな。きっとこの子は君に劣らぬ頑固者だ」

ジェニファーは夫を軽く睨《にら》んだ。「あら、それじゃあホセには、あなたの強情さはまったく遺伝していないって言いたいの？」

「まあ、ほんの少しは」ラモンは苦笑いした。

「この子の目はあなた譲りよ」そう言ったとき、悲しみが押し寄せてきた。ホセはラモンの赤ん坊時代にそっくりかもしれない。でもジェニファーがどんな赤ん坊だったたか、知りようがないのだ。写真もなければ、思い出話をしてくれる人もいないのだから。

ジェニファーの気持ちを察して、ラモンがそっとキスしてくれた。「叶《かな》わない夢だが、君のご両親にも孫を見せてあげたかったたな。もし彼らがここにいたら、きっと君と赤ん坊をとても誇りに思ってくれたに違いない。僕と同じようにね」ラモンは微笑《ほほえ》んだ。「とはいえ、僕の母が一人いれば、二組分の祖父母の役割を十分に果たしてくれると思うよ」

ジェニファーは苦笑まじりにうなずいた。彼の母親はラモンの女性版だった。押しが強くて誇り高く、それでいて寛大な心を持っていた。彼女は会ったとたんにジェニファーを気に入り、息子をこんな笑顔にしてくれる女性なら大歓迎だと言ってくれた。

「そろそろ生まれたことを、お母さんに知らせたほうがいいんじゃない？」

「もう少ししたら写真つきのメールを送るよ。でも、今しばらくは君と息子の三人だけで――僕たち家族だけで過ごしたい」ラモンは二人を抱き寄せた。

「そして、僕たち家族の中心にはいつも君がいるだろう」

もはや私は傍観者ではない。私は本物の家族の一員なのだ。「愛してるわ《テ・キエロ》、ラモン」

「僕も愛しているよ。永遠に《シエンプレ》」

ハーレクイン®

スペイン大富豪の愛の子
2025年4月5日発行

著　　者	ケイト・ハーディ
訳　　者	神鳥奈穂子（かみとり　なほこ）
発 行 人	鈴木幸辰
発 行 所	株式会社ハーパーコリンズ・ジャパン 東京都千代田区大手町 1-5-1 電話 04-2951-2000（注文） 0570-008091（読者サービス係）
印刷・製本	大日本印刷株式会社 東京都新宿区市谷加賀町 1-1-1
表紙写真	© Alena Stalmashonak ｜ Dreamstime.com

ISBN978-4-596-72578-3 C0297

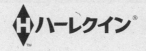

◆◆◆◆ ハーレクイン・シリーズ 4月5日刊 発売中

ハーレクイン・ロマンス

愛の激しさを知る

放蕩ボスへの秘書の献身愛 〈大富豪の花嫁にⅠ〉	ミリー・アダムズ／悠木美桜 訳	R-3957
城主とずぶ濡れのシンデレラ 〈独身富豪の独占愛Ⅱ〉	ケイトリン・クルーズ／岬　一花 訳	R-3958
一夜の子のために 《伝説の名作選》	マヤ・ブレイク／松本果蓮 訳	R-3959
愛することが怖くて 《伝説の名作選》	リン・グレアム／西江璃子 訳	R-3960

ハーレクイン・イマージュ

ピュアな思いに満たされる

スペイン大富豪の愛の子	ケイト・ハーディ／神鳥奈穂子 訳	I-2845
真実は言えない 《至福の名作選》	レベッカ・ウインターズ／すなみ　翔 訳	I-2846

ハーレクイン・マスターピース

世界に愛された作家たち
～永久不滅の銘作コレクション～

億万長者の駆け引き 《キャロル・モーティマー・コレクション》	キャロル・モーティマー／結城玲子 訳	MP-115

ハーレクイン・ヒストリカル・スペシャル

華やかなりし時代へ誘う

公爵の手つかずの新妻	サラ・マロリー／藤倉詩音 訳	PHS-348
尼僧院から来た花嫁	デボラ・シモンズ／上木さよ子 訳	PHS-349

ハーレクイン・プレゼンツ作家シリーズ別冊

魅惑のテーマが光る
極上セレクション

最後の船旅 《ハーレクイン・ロマンス・タイムマシン》	アン・ハンプソン／馬渕早苗 訳	PB-406

※予告なく発売日・刊行タイトルが変更になる場合がございます。ご了承ください。

“ハーレクイン”の話題の文庫
毎月4点刊行、お手ごろ文庫！

3月刊
好評発売中！

ダイアナ・パーマー傑作選
第2弾！

『そっとくちづけ』
ダイアナ・パーマー

マンダリンは近隣に住む無骨なカールソンから、マナーを教えてほしいと頼まれた。二人で過ごすうちに、いつしかたくましい彼から目が離せなくなり…。

（新書 初版：D-185）

『特別扱い』
ペニー・ジョーダン

かつて男性に騙され、恋愛に臆病になっているスザンナ。そんなある日、ハンサムな新任上司ハザードからあらぬ疑いをかけられ、罵倒されてショックを受ける。

（新書 初版：R-693）

『シチリアの花嫁』
サラ・モーガン

結婚直後、夫に愛人がいると知り、修道院育ちのチェシーは億万長者ロッコのもとを逃げだした。半年後、戻ってきたチェシーはロッコに捕らえられる!

（新書 初版：R-2275）

『小さな悪魔』
アン・メイザー

ジョアンナは少女の家庭教師として、その館に訪れていた。不躾な父ジェイクは顔に醜い傷があり、20歳も年上だが、いつしか男性として意識し始め…。

（新書 初版：R-425）

※ハーレクインSP文庫は文庫コーナーでお求めください。